Detlef Jens

Flaschenpost und Wolkenkino

Vom Leben auf Schiffen

Für Anke und für unsere Kinder Ole und Malin.

Gewidmet meinen Eltern, die all diese wunderbaren
Torheiten nicht nur zugelassen, sondern so gut es ging
unterstützt haben.

Mit besonderem Dank an Hans-Werner, Jürgen, Peter,
Siggi und Uwe sowie viele andere Freunde.

Bibliografische Information der Deutschen Nationalbibliothek:
Die Deutsche Nationalbibliothek verzeichnet diese Publikation in der
Deutschen Nationalbibliografie; detaillierte bibliografische Daten sind im
Internet über http://dnb.d-nb.de abrufbar.

© 2008 Detlef Jens
Satz, Umschlagdesign, Herstellung und Verlag:
Books on Demand GmbH, Norderstedt
ISBN: 978-3-8370-4921-3

Inhalt

Statt eines Vorwortes

»Ein Wind weht von Süd und zieht mich hinaus auf See.
Mein Kind, sei nicht traurig, tut auch der Abschied weh!
Mein Herz geht an Bord und fort muss die Reise gehn.
Dein Schmerz wird vergehn und schön wird das Wiedersehn.«

Aus »La Paloma«, einem der am meisten gesungenen Lieder der Welt. Es wurde in verschiedenen Sprachen zum Hit und nicht nur von populären »Seebären« wie Hans Albers oder Freddy Quinn gesungen, sondern neben sehr vielen anderen auch von Dean Martin oder Elvis Presley.

Es war ein ganz normaler Tag in Hamburg, abends komme ich an Bord zurück; es ist eine sternenklare Nacht, Schiffe und Lichter sind auf der Elbe zu sehen, der Atem des Flusses ist spürbar, leises Wellenrauschen am Strand. Es ist Vollmond, der Fischreiher steht wieder in der Einfahrt im Schlick, auf dessen nass glänzender Oberfläche sich das Mondlicht spiegelt. Wo er nur tagsüber immer bleibt? Abends habe ich ihn schon öfter gesehen. Wie unendlich privilegiert wir doch sind, hier wohnen zu dürfen! Jedes Mal, wenn ich nach Hause komme, denke ich das in letzter Zeit. Es ist gut, dass dies einmal infrage gestanden hat. Selbst Ole mit seinen drei Jahren steht häufig beim nach Hause kommen auf der Mole und guckt ganz in sich verloren und nachdenklich auf die Elbe, sieht wohl die Schiffe, die Möwen, die Enten. Was weiß ich denn schon, was dann in seinem Kopf vorgeht – aber er mag es, hier auf dem Schiff zu wohnen. Das ist sicher.

Wohnst du etwa noch an Land?

Ich wollte schon immer auf einem Schiff wohnen. Ich kann es gar nicht mehr begreifen, wie man in so einem toten Ding, einem Mausoleum gleich, also in einem Haus leben kann. Das bewegt sich nicht, es macht keine Geräusche; es stöhnt und ächzt nicht, wenn die Wellen es heben und senken, und es klappert und klötert nichts, wenn der Wind aufkommt und ins Rigg fährt. Es gibt selten frische Luft oder Möwengeschrei, nie wird man gemütlich in den Schlaf gewiegt, während an einem Ohr das Wasser, außen an der Bordwand und gar nicht weit weg, so beruhigend und einschläfernd plätschert. Viele Hausbewohner, das habe ich mir sagen lassen, kriegen kaum etwas vom Wetter mit. Sie merken vielleicht so gerade eben noch, ob es draußen regnet oder schneit; aber dabei wissen sie noch nicht einmal, ob es gerade Hoch- oder Niedrigwasser ist, ob der Luftdruck steigt oder fällt, ob sich eine neue Front mit Böen und Schauern ankündigt oder ob sich das Wetter stabilisiert und ruhig wird. Ich bitte Sie: Wie kann man auf Dauer so existieren?

»Häuser sind nichts als schlecht gebaute Boote, so fest aufgelaufen, dass man gar nicht daran denken kann, sie zu bewegen. Sie gehören definitiv zu den untergeordneten Dingen, sie gehören zum Gemüse und nicht zur Welt der Tiere, unfähig zu fröhlicher Veränderung. Als Ausnahmen würde ich, unter Bedenken, allenfalls noch Schneckenhäuser und Caravans gelten lassen. Das Bedürfnis, ein Haus zu bauen, ist der müde Wunsch eines alten Mannes, der sich fortan mit einem einzigen Ankerplatz bescheiden möchte. Der Drang jedoch, ein Boot zu bauen, ist das Verlangen der Jugend, die sich noch nicht mit der Idee eines finalen Ankerplatzes abfinden kann.« So schreibt es Arthur Ransome gleich zur Eröffnung des wunderbaren Buches »Racundra's First Cruise«. Das Boot »Racundra« wurde in den Jahren 1921 und 1922 in Riga, Lettland, gebaut. Ransome war damals als Korrespondent einer englischen Tageszeitung in Russland und im Baltikum unterwegs und segelte dann die im Buch beschriebene erste Reise mit einem alten Seemann und seiner Geliebten, ausgerechnet der Sekretärin von Trotzky, an Bord. Die Russen kannte er wohl überhaupt ganz gut: Lenin hatte er mehr als ein Mal in einer Partie Schach besiegt. Vielleicht hatte er ja Glück, dass er danach noch lebte! Aber vor allem wollte er auf seinem Schiff leben, solange es auf diesem relativ kleinen Boot von weniger als zehn Metern Länge eben möglich war.

Das wollte ich, wie schon gesagt, auch. Seit ich zum Segeln kam, war es so. Das allerdings passierte erst spät in meinem Leben. Weil meine Familie in London wohnte (das ist noch eine andere Geschichte), während ich dort die englische Grundschule besuchte, begann ich erst in der fünften Klasse mit dem Segeln. Da kam ich nämlich nach Hamburg zurück und wurde in Blankenese eingeschult. Das war damals noch ein relativ normaler Vorort von Hamburg, jedoch mit einem wichtigen Alleinstellungsmerkmal gegenüber anderen relativ normalen Vororten anderer relativ normaler Städte: Hier segelte wirklich jede zweite Familie und wenn man an einer großen Regatta auf der Elbe teilnehmen musste, bekam man dafür schon mal schulfrei – oder schwänzte einfach. Meine Freunde und ich hatten unsere Jollen unten am Elbufer liegen und verbrachten natürlich auch etliche Schulstunden auf dem Wasser. Vorzugsweise die späten und, wie wir fanden, auch unwichtigen: Kunst oder auch Religion in der siebten Stunde am frühen Nachmittag zum Beispiel. Allerdings hing das auch immer vom Wetter und von der Tide ab. Übrigens hatten wir dort eine Zeit lang einen Religionslehrer, der im Unterricht mit Begeisterung vor allem vom Segeln erzählte. Immerhin war er schon mal Einhand nach Bornholm geschippert – wenn auch bestimmt nicht wirklich alleine, sondern mithilfe des »Herrn«, aber so was beeindruckte einen Steppke wie mich damals eben trotzdem.

Ich wurde, glaube ich, so um 1970 herum dort eingeschult. Die 69er Revolution hatte ich damit gerade eben verpasst, das Nachhallen davon wirkte allerdings noch gewaltig. Ich interessierte mich plötzlich für Politik (aber auch das ist wieder eine ganz andere Geschichte). Es war, um es ganz kurz zu sagen, ein Kulturschock. Aus der strengen englischen Schule mit Zucht und Ordnung und Uniform und braven, angepassten kleinen Schülern kopfüber hinein in den Aufruhr nach Deutschland, wo alles und jeder und vor allem jede Autorität infrage gestellt wurde. Damals war ja überhaupt alles anders, vieles natürlich, wie immer im verklärenden Rückblick, besser, aber auch nicht nur: Es gab zum Beispiel noch Unterricht am Samstag. Das wurde jedoch so konsequent torpediert, von den Schülern wie den Eltern, dass der Unterricht am Wochenende bald vorläufig eingestellt und dann ganz abgeschafft wurde. Schließlich brauchte man die Wochenenden, die vollen Wochenenden, zum Segeln. Jedenfalls dann, wenn man nicht gerade gegen irgendwas demonstrierte.

Nach einer Weile stellten wir mit den Jollen allerhand an. Das Handwerk und die Kunst des Segelns lernte ich von meinen Eltern, die natürlich auch beide schon seit Kindesbeinen gesegelt waren, ebenso wie mein Opa mütterlicherseits. Der hatte einst eine Jolle im Hafen von Teufelsbrück liegen – just dort also, wo ich viele Jahrzehnte später, nach etlichen köstlichen Irrungen und Wirrungen, mit meiner eigenen Familie an Bord eines 100 Jahre alten und 25 Meter langen Segelklippers wohnen würde. Aber ich greife vor …

Wie gesagt, mit den Jollen ließ sich schon was anfangen. Nicht nur segeln. Unter einer Persenning konnte man auf den Bodenbrettern recht gemütlich campieren. Meist zu zweit. So fühlten wir uns vollkommen frei, wenn wir mit den Jollen übers Wochenende den Fluss hinabsegelten, Richtung Nordsee und Abenteuer, und nachts an Bord schliefen. Wer wollte, wer konnte uns hier noch etwas sagen oder gar vorschreiben? Dies war der erste zarte wie starke Geschmack eines potenziell abenteuerlichen und autarken Lebens. Dazu Musik, Joints, Alkohol, Mädchen. All diese komplizierten und leidvollen Erfahrungen aus der Pubertät, sie fanden für mich auf den Booten oder im entsprechenden Umfeld statt. Dass das alles insgesamt dann doch noch einigermaßen glimpflich verlaufen ist, wundert mich heute noch in so manch stillen Momenten. Und wie aus mir noch jemals etwas »Anständiges« werden soll, ist mir auch immer noch nicht klar. Aber wie dem auch sei, nach und nach wurde das Segeln zum Lebensinhalt, da konnte ich gar nichts gegen machen, weil es sich so ganz allmählich in mein System einschlich. Ein ganzes Leben an Bord! Wann dieser Gedanke das erste Mal so klar auftauchte, kann ich nicht mehr sagen. Begleitet hat er mich aber schon sehr lange, losgelassen nie mehr.

Übrigens war Sex auch immer ein Motiv. Diese unglaubliche Freizügigkeit und die sich aufgrund der beengten Platzverhältnisse ganz von allein einstellende Intimität an Bord! Und Erlebnisse, die einen noch Jahre später verfolgten: Mein Freund Christoph und ich waren einst zu einem harmlosen abendlichen Sonnenuntergangstörn ausgelaufen, auf der Unterelbe. Mit an Bord auch eine attraktive Mitschülerin, die auf dem 25-jährigen Abiturklassentreffen noch ein Vierteljahrhundert später behauptete: »Ihr seid damals doch mit voller Absicht bei ablaufendem Wasser auf der Schlickbank aufgelaufen!«

Okay, wir lagen in jener lauen Sommernacht an die sechs Stunden oder länger dort fest auf einem schief im Schlick steckenden Kielboot und schliefen, weil es eben nicht anders ging, zu dritt zusammengerollt auf der Innenseite der Bordwand.

Aber mit Absicht? Das klingt im Nachhinein, wenn man so alt und brav geworden ist, wie ein Kompliment. Dabei hatte sie sich damals, das erinnere ich natürlich noch, so positiv über mich geäußert: »Du siehst gut aus!«

Vermutlich redete sie jedoch nur mit meiner Unterhose. Rot war sie, hell und leuchtend wie frisches Blut, dazu knapp und eng. Heute wäre es mir auch peinlich, schon gut. Doch mit 16?

Was lernten wir damals? Mädchen konnte man, so ganz romantischer Seemann, an Bord eines Segelbootes besonders gut – beeindrucken.

Auch als junger Erwachsener segelte ich lieber mit Frauen als mit Männern auf meinen Schiffen, was immer mal wieder Anlass zu niederträchtigen Kommentaren von anderen männlichen Seglern gab: »Da kommt ja der mit seinem Haremsdampfer angesegelt!« – oder so ähnlich.

Ist das nicht das Paradies? Aber ja! Auch wenn es natürlich nicht immer ganz so war, wie es wohl auch nicht jeder immer ernsthaft geglaubt haben wird.

Boote sind Leben. Sie müssen daher unbedingt gebaut oder zumindest gekauft werden. Es geht gar nicht anders. Der Gedanke beginnt als kleine Wolke am Horizont und endet erst, wenn er das gesamte Bewusstsein ausfüllt. Ein Haus? Eine Banalität. Niemals, nicht mit mir! Hatte ich nicht schon etliche Jahre als Seenomade auf verschiedenen kleinen Segelbooten zugebracht? Das waren meine vermutlich besten Jahre. Und jetzt soll ich den kümmerlichen Rest meines Lebens an Land verschwenden?

Mein Schicksal heißt »Pippilotta«

»In zwanzig Jahren wirst du die Dinge bereuen, die du nicht getan hast, und nicht diejenigen, die du getan hast. Also wirf die Leinen los! Verlasse den sicheren Hafen! Spüre den Passat in deinen Segeln! Wage es! Träume und entdecke!« Das sagte einst Mark Twain, dieser elende Klugscheißer. Mit Sicherheit hat er nie ein altes großes Segelschiff gehabt. Eines, das dein ganzes Leben beherrscht, das alles Denken und Streben lenkt und das sämtliche Energie und das bisschen Geld, das du mühsam zusammenkratzt, aufsaugt wie ein schwarzes Loch im Weltall die Sonnen. Pah! Wenn der gewusst hätte …

Es begann an einem verhängnisvollen Tag in meinem Büro, als ich, statt zu arbeiten, wie sooft im Internet segelte und dabei auf die Verkaufsanzeige des Klippers stieß, der ein halbes Jahr später mir gehören, »Pippilotta« heißen und meiner Familie ein schwimmendes Heim sein würde. Wir – Anke, unser Sohn Ole und ich – lebten ja schon ganz gut auf einem ehemaligen Frachter namens »Libje«, einem kleinen zur Wohnung umgebauten Binnenschiff von 23 Metern Länge. Ein Motorkahn. Keine Masten, keine Segel, aber urgemütlich. Ole war drei, schon fast vier Jahre alt und ein neues Baby kündigte sich an. Wir brauchten mehr Platz, dachten wir. Und endlich wieder ein Segelschiff, dachte ich. Masten und Segel! Takelage, Tauwerk und Blöcke! Das liefert mir neue Ideen und Inspirationen. Letzteres bringt so ein altes Segelschiff fast immer hervor, aus den untersten Tiefen fördert es die Träume und Sehnsüchte zutage. Fatal ist das.

So auch hier. Plötzlich blühten die Ideen für lange Reisen auf einem ungewöhnlichen Schiff, Ideen auch von Buchprojekten, Filmen, Artikelserien. Wie ein Aufatmen, eine frische Brise packte es mich. Wattenmeer, London, St. Petersburg, wir kommen! Ich studierte die Seekarten, erste Hürden tauchten auf: der Göta Kanal – etwa zu klein (der Kanal, nicht das Schiff)? Ich sah es nach in der Verkaufsanzeige. Die Masthöhe des Schiffes beträgt zirka 21 Meter, die maximale Durchfahrtshöhe für den Kanal ist mit 22 Metern angegeben. Passt!

Weniger passend war die finanzielle Komponente. Für das gleiche Geld hätten wir uns auch ein Haus kaufen können. Vielleicht nicht in dieser vornehmen Nachbarschaft, nicht in dieser schönen Lage. Doch das sind nun einmal die drei Dinge, die, wie jeder Makler weiß, bei einer Immobilie einzig und allein zählen: Lage, Lage, Lage! In dieser Hinsicht könnte der Liegeplatz unseres Wohnschiffes nicht besser sein – in einem wunderschönen kleinen Hafen in einer der teuersten Wohngegenden Hamburgs, nicht nur direkt am, sondern eben sogar auf dem Wasser. Natürlich mit unverbaubarem Elbblick, für den die da drüben an Land alleine schon ein ganzes Vermögen hinblättern, wobei unser Elbblick, zugegeben, über die Hafenmole nur bei Hochwasser, nicht jedoch bei Ebbe zu genießen war.

Also, dieser alte Klipper sollte, musste es sein. Ich grübelte und rechnete Abende lang, welche Geldtöpfe ich anzapfen könnte, welche Sparschweine schlachten, was verkaufen, wie viel leihen. »Beg, steal and borrow« war das Motto, wenn ich eine Vision, die ich endlich wieder hatte, auch realisieren wollte! Die Kehrseite: In langen, dunklen, schlaflosen Nächten kamen die Zweifel. All diese Technik, die Maschine, der Rost! Könnte ich so ein Schiff überhaupt segeln und im Hafen manövrieren, ohne dabei kleine Boote zu versenken? Ich zwang mich zur Ruhe. Cool bleiben, alles geht, man muss es nur dringend genug wollen, das habe ich schließlich schon immer gepredigt.

Zuerst aber muss man vor allem das vorhandene Schiff verkaufen. Schicksal! Das ging nämlich, entgegen sämtlicher Erwartungen, fast wie von alleine. Im Internet stieß ich auf einen

Schotten – ausgerechnet –, der ein Schiff suchte. Dieser Schotte war der lebende Beweis, dass die meisten Sprichwörter auf Lügen und Legenden gebaut sind: Geizig war er jedenfalls nicht. Was er dort im Internet beschrieb war – unser Motorschiff.

Ich mailte ihm Bilder und Beschreibungen, er schickte sofort einen Bekannten zu uns. Jens hieß der, mein reziproker Namensvetter sozusagen. Ein Kriminalbeamter, aber nett. Jens hatte gerade vorher Urlaub gemacht im »Shorehouse« auf der wunderschönen Insel Mull. Das war das »Bed & Breakfast«, das der Schotte Ian und seine Frau verkauften, um sich eben ein Schiff wie unseres zuzulegen, um es als schwimmendes B&B in der Bretagne einzusetzen. Im Urlaub im »Shorehouse« hatte Jens Ian angeboten, falls der zufällig ein Schiff in Deutschland finden würde, sich das vorab für ihn anzusehen. Und dann kam wenige Tage später unsere »Libje« auf den Plan, in Hamburg, und Jens also bei uns vorbei. Er erzählte vom Segeln, von seinen Kumpels. Über einen von denen hatte ich vor Jahren sogar mal eine kleine Geschichte geschrieben. Jens war begeistert von unserem Schiff und von so vielen Zufällen – gemeinsamer Name, Bekannte, gute Stimmung. Er würde am liebsten auch irgendwie so was machen, also irgendwo rumschippern oder sogar auch an Bord leben, aber – das liebe Geld. Und dann noch eine Frau, die nichts mit Wasser am Hut hat. Die üblichen Probleme. Immerhin hatte er, Hut ab, schon mal als *Trainee* auf dem Vollschiff »Christian Radich« einen Orkan in der Nordsee abgewettert und dabei sogar eine Stunde lang am Ruder gestanden. Ob ich dagegen wohl jemals ein Segel auf der noch nicht so heißenden »Pippilotta« hochkriegen würde? Oder ob ich Büroweichei vielmehr japsend an Deck zusammenbräche noch bevor der Lappen halb oben war? Jedenfalls braucht man dann kein Fitness-Studio mehr. Und immerhin war dieses Schiff zwar schon 100 Jahre alt, aber aus Eisen. Da darf man selber schon ein Holzkopf sein. »*Als die Schiffe noch aus Holz und die Männer aus Eisen waren …*«, heißt es unter alten Fahrensleuten. In diesem Fall war es schon umgekehrt.

Meine Zweifel verschwanden immer sofort, wenn ich mir das Schiff unter vollen Segeln vorstellte, wenn ich mir die Karte vom Göta Kanal oder von der östlichen Ostsee vornahm oder mir ausmalte, wie wunderschön das Wattenmeer im Dezember sei. Immer weiter, einen Schritt weiter in der eigenen Entwicklung! Die »Pippilotta« war schon eine große Herausforderung und das in jeder nur denkbaren Hinsicht, aber sonst ginge es ja gar nicht weiter; man will sich ja entwickeln, sich auf der Leiter der persönlichen Evolution ein paar Sprossen raufhangeln. »*Rest is stagnation and activity madness!*«, hieß es schon bei Epikur. Also, auf! *Madness*, die Verrücktheit, ist allemal die bessere Wahl! Von Zeit zu Zeit braucht man doch ein Abenteuer. Aber gerade jetzt? Wo doch das zweite Kind unterwegs war? Eher nicht, aber mit den Abenteuern ist es ganz genau so wie mit dem Kinderkriegen, was ja auch ein Abenteuer ist: So richtig passt es nie, aber dann geht es doch und wird (hoffentlich) wunderbar.

Die Dinge nahmen also ihren Lauf. Ian kam, sah und kaufte unser Schiff. Wenn da nur nicht diese Geschichte mit den Schafen auf der Insel Mull gewesen wäre. Aber davon ahnte ich zu diesem Zeitpunkt noch nichts. Anfangs sah es nämlich noch alles ganz einfach aus. Gutachten für beide Schiffe anfertigen lassen, eventuelle Reparaturen in Auftrag geben, die Übergabetermine koordinieren und die Überführungen der Schiffe planen, eines von Friesland nach Hamburg und das andere von Hamburg nach Harlingen, wo Ian unsere »Libje« zum kleinsten Hotelschiff der Welt umbauen lassen wollte.

Wir hatten Oktober. Weihnachten, dachten wir, würden wir auf unserem neuen Schiff in Hamburg feiern.

Dann ging alles schief. Das Gutachten unseres neuen Schiffes war kaum weniger als ein Todesurteil. Wir stiegen in den Ring und begannen unsere lang anhaltenden Diskussionen und Streitereien mit den Verkäufern, die von all den Mängeln und Macken und Defekten angeblich nichts geahnt haben wollten. Immer wieder wurde repariert, wurde der Preis neu verhandelt. Wir ließen nicht ein Gutachten erstellen, nicht zwei oder drei, sondern viele. Das alles zog sich in die Länge. Ebenso der Verkauf des »Shorehouse« auf der fernen Insel Mull. Das tangierte uns insofern, als dass Ian unser altes Schiff nicht würde bezahlen können, bevor dieser Hauskauf nicht abgewickelt war. Womit wir wiederum unser neues Schiff nicht würden bezahlen können, bevor dieser Hauskauf nicht abgewickelt war. Und der konnte monatelang nicht abgewickelt werden – wegen der Schafe.

Es dauerte lange, bis ich es begriffen hatte. Als Ian unser Schiff kaufte, war sein Hausverkauf so gut wie gelaufen – dachte er. Immerhin hatte er zu dem Zeitpunkt schon einen von einer Käuferin unterschriebenen Kaufvertrag in der Tasche. Womit auch er nicht gerechnet hatte, war ein Gesetz aus dem frühen Mittelalter, das in dieser Form wohl nur auf den Inseln der Westküste Schottlands bis heute überlebt hat. Es ist ein sehr soziales Gesetz, denn es gestattet jedem Inselbewohner, dass er seine Schafe überall auf seiner Heimatinsel grasen lassen darf. Und wenn in so einem Gesetz steht: »überall«, dann meint es auch genau das. Überall – auch im Garten jedes anderen Inselbewohners, auch in deren Gemüsebeeten und Rosengärten und wo auch immer.

Ian hatte sich um dieses obskure Gesetz niemals geschert, solange er das »Shorehouse« auf der Insel Mull hatte, aber offenbar waren auch keine Schafe zum Fressen in seinen Garten gekommen. Beim Verkauf des Hauses an eine wohlhabende Dame vom britischen »Festland« jedoch meinte der Inselnotar, der guten Ordnung halber auf die geltende Rechtslage bezüglich frei und wild grasender Schafe hinweisen zu müssen.

Damit hatte er einen Torpedo abgefeuert, der um ein Haar das ganze fragile Kartenhaus unserer Schiffstransaktionen zum Einsturz gebracht hätte.

Die Dame, ganz offensichtlich Städterin und vom eher robusten Landleben gänzlich unbeleckt, weigerte sich. Sie wolle unter keinen Umständen fremde Schafe in ihrem Garten dulden, noch nicht einmal die Schafe von ansonsten eventuell sogar freundlich gesonnenen Nachbarn. Kein Problem, sagte der Notar, man müsse lediglich jeden einzelnen Schafsbesitzer auf der Insel anschreiben und ihn darum bitten, dass dieser den Verzicht auf die Nutzung der Weidegründe des »Shorehouse«-Gartens durch seine Schafe schriftlich erklärte, und schon sei das Problem aus der Welt. Eine reine Formsache, im Handumdrehen erledigt.

Leider ticken die Uhren auf fernen schottischen Inseln gänzlich anders als bei uns im hektischen Mitteleuropa. Ian ließ es mich ahnen: Wenn dort eine Sache »im Nu« erledigt sei, so könne es sich in Wirklichkeit über Monate hinziehen. Und so kam es denn auch. Klar war nur, dass kein Geld fließen würde, nicht an Ian und daher auch nicht an uns, solange nicht auch der letzte Schafskopf auf der Insel Mull diese notarielle Einwilligung zum Weideverzicht gegeben hatte. Und das dauerte. Und dauerte. Und dauerte. Einer war im Urlaub, ein anderer vorübergehend nach Australien gezogen, ein Dritter antwortete grundsätzlich nicht auf Briefe. Vor allem dieser letzte Schafs-Clown machte uns Probleme. Ohne seine Einwilligung würde nichts laufen, auch die Schiffsverkäufe nicht.

Der holländische Makler, der den Verkauf unserer noch nicht so heißenden »Pippilotta« regelte, hatte einen echt niederländischen Vertrag aufgesetzt, den ich Schafskopf, um beim Thema zu bleiben, unterschrieben hatte. Wer mit den Holländern Geschäfte macht, das hatte sich leider zwar schon überall an der Küste, aber noch nicht bis zu mir herumgesprochen, muss sich verdammt warm anziehen. Es wird ihm nämlich alsbald ein eisiger Wind entgegenwehen. Auf Kulanz muss man dann nicht mehr hoffen, ein sehr guter Anwalt auf der eigenen Seite ist in jedem Fall ein Vorteil. Denn im Kaufvertrag war natürlich auch die Bezahlung minutiös genau geregelt, mit exakten Daten, wann das Geld zu fließen habe. Und mit ebenso exakten Zinsangaben für den Fall, dass es nicht pünktlich auf dem Notarkonto landen würde. Und ganz sicher würden die niederländischen Käseköpfe keinerlei Verständnis für die schottischen Schafsköpfe aufbringen. Sie würden mich schlicht und einfach und eiskalt lächelnd Zins und Zinseszins mit allen dazugehörigen Bank- und Notargebühren zahlen lassen, wenn der Kaufpreis, aus welchen Gründen auch immer, nicht pünktlich fließen würde. Dagobert Duck, da bin ich mir seither ganz sicher, muss ein Holländer gewesen sein.

So gesehen, war der erbärmliche Zustand des Klippers ein versteckter Segen, denn dadurch verzögerte sich nun doch der gesamte Zeitplan. Genau für diesen Fall, dass während des Kaufes Mängel aufträten, war im Vertrag entsprechender Aufschub vorgesehen. Solange wir also diskutierten, stritten, Gutachter bemühten und schließlich sogar auch Anwälte, solange wenigstens hielt der seidene Faden noch, an dem das Schwert der nicht zahlenden Schotten über meinem Kopf baumelte. Ein nervenaufreibendes Jonglieren, das mehrere Wochen anhielt. Viel Schlaf bekam ich damals nachts nicht. Einerseits wollte ich mich endlich mit den Holländern einigen, andererseits musste ich mir dann auch sicher sein, dass ich würde zahlen können. Der Ton zwischen den Verkäufern und mir hatte sich mittlerweile derart verschärft, dass auf jegliches freundliches Entgegenkommen wahrlich nicht mehr zu hoffen war. Ein Fehler meinerseits, dieses ungute Gefühl hatte ich jedenfalls, und sie würden sich vor Vergnügen die Hände reiben und die größten Messer hervorholen, derer sie habhaft würden.

Ian hingegen hatte seine eigenen Sorgen und wenig Verständnis für meine verzwickte Lage. »Sie haben versucht, dir ein überteuertes und mangelhaftes Schiff unterzujubeln«, sagte er bloß. »Sie sollten jetzt wirklich nicht in der Lage sein, noch weiteren Druck auszuüben!« Leider kannte Ian die Holländer schlecht, denn genau in der Lage waren sie noch immer, und natürlich nutzten sie das auch. Immerhin hatten wir uns in der Zwischenzeit schon auf diverse Reparaturen geeinigt, die noch auf Rechnung der Verkäufer auszuführen waren, und auch den Kaufpreis substanziell nach unten korrigiert. Aber dennoch, der ursprüngliche Kaufvertrag galt. Das Letzte, was ich mir leisten konnte, war, am Ende um Aufschub der Zahlung bitten zu müssen weil die Schotten … Es war zum Verrücktwerden!

Und allmählich spitzte sich die Sache zu. Etwa ein Vierteljahr verhandelten wir nun schon so fröhlich alle miteinander. Meine Nerven lagen blank. Ich schrieb eine weitere E-Mail an Ian mit der verzweifelten Anfrage, ob es von seiner Schafsinsel Neuigkeiten gäbe. Leider lagen offenbar auch seine Nerven blank. Er schrieb mir nämlich zurück, dass er gerne vom Kaufvertrag zurücktreten würde. Ich solle ihm doch bitte die bereits von ihm geleistete Anzahlung zurücküberweisen, die ebenso bereits ausgeführten Reparaturen an »Libje« selber zahlen und das wäre es dann.

Ich dachte, unter mir würde sich der Schiffsboden auflösen. Ich würde also als stolzer Eigner zweier stattlicher Schiffe bankrott gehen.

Das war aber noch nicht alles: Noch während ich nach Luft japsend um einen letzten Rest von Fassung kämpfte, kam eine weitere Mail von ihm. Darin stand das Unglaubliche:

»Lieber Detlef – buchstäblich nur Minuten nachdem ich die letzte Mail abgesendet hatte, rief mich mein Anwalt an. Er hat endlich die notwendige Verzichtserklärung von dem letzten Schafs-besitzer bekommen! Dies war das Allerletzte, auf das wir noch ge-

wartet haben! Jetzt werden wir den Verkauf bis Ende Januar ohne weitere Probleme abwickeln können. Nach allem, was passiert ist, wage ich kaum es zu sagen und es würde mich nicht wundern, wenn jede Sekunde hier ein Meteorit auf dem Haus landen würde, aber es sieht so aus, als hätten wir es endlich geschafft ...«

Ich konnte es nicht fassen. Zu viel der Dramatik – vor ein paar Minuten noch der totale Absturz und jetzt ist alles gerettet? Das kann doch nur Schicksal sein! Aber gleich tauchten neue Fragen auf: Wie lange wird es wirklich dauern, bis das Schiff so weit repariert ist, dass wir es nach Hamburg segeln können? Wie wird dann das Winterjanuarwetter sein? Es blieb spannend. Die armen Leute an Land, die in ihren perfekten, geheizten, dichten, heilen, immobilen Häusern wohnen, die erleben ja rein gar nichts ...

Der Traum wird wahr

Mein Leben als Seenomade, lange bevor ich den Klipper »Pippilotta« kaufte, lange bevor ich eine Familie hatte und lange bevor ich überhaupt auch nur im Entferntesten daran dachte, jemals wieder sesshaft zu werden, begann – in London. Weitab von der See, in Clapham North, mitten drin in den Lichtern und dem Gebrause und dem Gewusel der Millionenstadt. Ein halbes Jahr oder auch länger hatten wir hier schon gelebt, meine damalige Gefährtin Sabine und ich, mit allen dazugehörigen Hochs und Tiefs. Der Trubel und die Energie und der Lärm und der Gestank der Millionenstadt. Die kleinen Oasen zwischen Häusermeer und Straßenschluchten; schöne Parks und kleine idyllische Stellen am Ufer der träge und schmutzig dahinfließenden Themse. Aber eben auch immer wieder die Sehnsucht nach Frischluft, nach Weite und nach Horizonten. Und die Frustrationen, wenn man – freitagabends – Stunden brauchte, um, wie Abertausende andere auch, überhaupt erst einmal aus der Stadt herauszukommen – geschweige denn, bis zu einem Boot an der Küste. Und der sich allmählich steigernde Widerwillen, nach einem Tag oder einem Wochenende auf See in diesen stinkenden, schmutzigen, monströsen menschlichen Ameisenhaufen zurückkehren zu müssen.

Sabine und ich lebten vergleichsweise kommod in einer Erdgeschosswohnung in Clapham Common North Side. Park vorne, schöner Garten inklusive Goldfischteich achtern. Viele sehr gute Restaurants in fußläufiger Entfernung, der Heimweg war auch nach mehreren Flaschen Chablis noch einigermaßen gut zu bewältigen. Nachteile gab es natürlich auch. Der Fluss vor der Tür bestand aus einem niemals abreißenden Strom von Autos, die in rätselhafter Mission 24 Stunden am Tag unterwegs waren. Und in den ersten drei Wochen nach unserem Einzug wurde genau drei Mal in die Wohnung eingebrochen. Ein Mal war Sabine alleine zu Hause, lag gerade in der Badewanne, als zwei halbwüchsige Teenies das Badezimmerfenster aufhebelten auf der Suche nach Kameras, Radios oder Kleingeld. Das Leben im Großstadtdschungel – wild und gefährlich, tatsächlich. Und wenig erbaulich. Glücklicherweise war nichts weiter passiert. Sie schrie aus Leibeskräften und die zwei Kids machten sich flugs aus dem Staub.

All dies verstärkte und belebte meinen alten Traum. »Lass uns auf ein Segelboot ziehen und all diesem Wahnsinn davonsegeln!«, sagte ich eines schönen Abends in einem ebenso schönen wie teuren und sehr trendigen Restaurant in Clapham. Wir hatten uns in Hamburg beim Segeln kennen gelernt, London an sich unterstützte mich in diesem Plan, nämlich dank der abschreckenden Wirkung des hier erlebten Landlebens, und so beschlossen wir an jenem denkwürdigen Abend nach einigen Flaschen Wein, diesen Gedanken endlich und schnellstmöglich in die Tat umzusetzen. So saßen wir bei Austern und Muscadet, Lammfilets in provenzalischen Kräutern mit Burgunder und anderen Leckereien zwischen Investmentbankern und Immobilienfritzen und anderen wahnsinnig wichtigen und wahnsinnig erfolgreichen Leuten und sprachen von Asien, Delfinen, Korallenriffen, Palmen, Moskitos, korrupten Beamten in fernen Staaten und mit wie wenig Geld wir auf Dauer wohl auskämen. Wir bestellten bei dem Gedanken vorsorglich gleich noch eine Flasche guten, teuren Wein und träumten vom Rumhängen auf exotischen Ankerplätzen und vom lockeren Leben unter Segeln. Ganz im Kontrast zum eher unlockeren Leben als Texter, Kontakter, Übersetzer und Projektleiter in der Londoner Werbeagentur oder dem zuvor gelebten anstrengenden Leben als Inhaber einer ähnlichen Agentur in Hamburg. Wir tranken also auf den neuen verheißungsvollen Lebensabschnitt, das bevorstehende Abenteuer. Ein Abenteuer, das zumindest für mich glücklicherweise sehr lange andauern sollte …

Erstmals geträumt hatte ich diesen Traum, in einer einigermaßen konkreten Fassung wohlgemerkt, übrigens schon als 19-Jähriger, als ich nämlich mit meinem Freund Axel und dem bereits erwähnten Folkeboot, das etwa 7,50 Meter lang war und das als einzige navigatorische Ausrüstung einen Kompass, einen Handpeilkompass und ein aus einem Stück Holz, einer Leine und einer Stoppuhr bestehendes Log besaß, nach Norwegen gesegelt war. Navigation ist ja bekanntlich, wenn man trotzdem ankommt, und Norwegen ist ein großes Land, das man nur schwer verfehlen kann. Aber wie auch immer, wir zwei Jugendliche wurden mit unserem kleinen Bötchen immer wieder bestaunt: »Ihr seid von Deutschland aus hierher gesegelt? In dem winzigen Boot?« – und so weiter.

Noch genauer erinnere ich mich aber an jene entscheidende, magische Nacht vor Norwegens Südwestküste. Wir waren auf dem Weg nach Stavanger, haben es dann aber gerade eben doch nicht mehr geschafft, sind vorher umgedreht und nach Süden zurückgesegelt. Diese Nacht jedenfalls war ganz untypisch dunkel für skandinavische Verhältnisse und sehr still. Unendlich viele Sterne blinkten in unendlich weiter Ferne über mir. Ich lag auf dem kleinen Achterdeck, die Beine schon auf dem Seitendeck außerhalb des Cockpits, und sah hinauf, in der einen Hand die Pinne, in der anderen ein Bier. Das Wasser dicht neben mir gluckste samten und schwarz und ruhig und tief. Kaum ein Lufthauch kräuselte die Oberfläche, es wehte gerade genug, um die Segel zum Stehen zu bringen und um das Boot mit ein oder zwei Knoten Fahrt durch das Wasser kriechen zu lassen. Es war eine Stille, die in meinen Ohren toste. Nur ab und an klapperten die Blöcke der Großschot, wenn sich das Boot sanft in der Dünung wiegte. Sonst passierte nichts. Das Leuchtfeuer von Torungen blinkte hell und deutlich etliche Seemeilen an

Steuerbord voraus, weiter draußen auf See zogen hin und wieder die roten oder grünen Positionslichter der Frachter vorbei, je nachdem, ob sie mit uns liefen (dann grün) oder auf dem entgegengesetzten Kurs nach Süden liefen (dann rot). Axel schlief unter Deck, es wäre an der Zeit gewesen, ihn für seine Wache zu wecken. Ich ließ ihn aber schlafen, wollte nämlich ganz egoistisch diese köstliche Nacht noch weiter und alleine auskosten. Und ich dachte: *So müsste man leben! Immer an Bord und möglichst auch immer auf See. Segeln, immer weiter und weiter und nur selten an Land, zum Proviantieren höchstens mal.* Zwar hatte ich natürlich nicht die geringste Ahnung, wie sich das realisieren ließe, meinte es damals aber schon durchaus ernst.

Jetzt, rund 15 Jahre später in London, folgten endlich Taten. Wir gaben unsere teure Londoner Wohnung auf, verkauften die Möbel und zogen in eine billige möblierte Bude an die Südküste, nach Lymington, das Zentrum der Seglerwelt. Wir rechneten fest damit, dass wir hier irgendwo entlang der Südküste ein Boot finden würden – fanden dann auch eines, nämlich an der Ostküste Englands. Mehr als zwei Stunden Autofahrt von Lymington entfernt, immer schön durch London hindurch beziehungsweise daran vorbei. Auf der berüchtigten M 25, der vielspurigen Ringautobahn, die einmal um London herum führt und die als größter Parkplatz der Millionenmetropole verrufen ist, weil der Verkehr dort leider eben immer mehr steht als fließt. Immerhin, die Benzinkosten für die langen und vielen Fahrten von Lymington an die Ostküste konnten wir uns nun ja leisten – dank der niedrigen Miete im Süden.

Das Schiff war ein Katamaran. Wir hatten es uns in den Kopf gesetzt, dass wir besser auf zwei Rümpfen würden an Bord leben können. Ein Katamaran hat, bei gleicher Länge, nun einmal doppelt so viel Platz an Bord wie ein Einrumpfboot. Und er liegt beim Segeln nicht immer schief, auch das erleichtert das Leben ungemein. Leider war dieser spezielle Katamaran zu schwer gebaut – der gemütliche gusseiserne Kohleofen im Salon war in dieser Hinsicht auch nicht hilfreich – und wenn segelnde Mehrrumpfboote eines nicht abkönnen, dann ist es Übergewicht.

Und nun kamen wir. Verschönerten das Boot von Innen unter Verwendung von viel Holz, schleppten dann unseren Hausrat mitsamt etlicher Kisten voller Bücher und CDs an Bord, packten dann noch die Vorräte für die ersten paar Monate dazu. Als wir endlich mit den Renovierungsarbeiten fertig waren, kam der große Moment: Von einem Traktor gezogen, wurde unser zukünftiges Heim in den Fluss Blackwater gelassen. Dazu ging es einen relativ festen, relativ steilen Strand hinab – und zwar mit Schmackes. Glücklicherweise sprang der Motor gleich an, denn wir rauschten mit einem großen Schwung ins Wasser. Anders wäre es auch nicht gegangen. Der Traktorfahrer hatte schon versucht, zu bremsen, aber mit qualmender Bremse wurde der Traktor vom Gewicht unseres Schiffes einfach mit ins Wasser gezogen.

Das Schiff jedenfalls – anders als der Traktor – schwamm. Segeln tat es weniger gut, eben wegen dieses Übergewichts. Das fanden wir jedoch erst später heraus, auf einem kurzen »Abstecher« nach Hamburg, wo wir unseren Familien und Freunden noch einen Besuch abstatten wollten, bevor es dann wirklich losgehen würde. Kurs: Südwest, immer der Sonne nach.

Immerhin schafften wir es tatsächlich, mit diesem sehr gemütlichen und sehr wohnlichen Schiff, das eben leider nur so mäßig segelte und auch gar nicht unter Motor lief, weil das Getriebe ständig kaputt ging, bis nach Portugal zu kommen. Und von dort aus, nachdem wir uns »vorübergehend« getrennt hatten, auch wieder zurück nach England, wo ich es verkaufte und auf einen kleinen Gaffelkutter zog und sehr glückliche Monate im Hafen von Southampton an Bord lebte inmitten einer kleinen und fröhlichen Gemeinschaft von »Liveaboards«.

Ja, wir waren es endlich: Liveaboards! Richtig klar wurde es uns an einem schönen Abend, noch im Katamaran, unterwegs von England nach Hamburg im Hafen von Den Helder. Dort kamen wir mit einem älteren Herren ins Gespräch, der hier sein Boot liegen hatte. Irgendwann sagte er: »Ihr seid also richtige Liveaboards! Ich habe mein Leben lang davon geträumt, auch einmal an Bord zu wohnen, aber es hat nie geklappt. Und jetzt ist es wohl zu spät dazu.«

Wir lebten nun gerade erst einige Wochen an Bord, aber an jedem Abend traf es mich wie ein Schlag: Ja, ich habe es geschafft, meinen Traum zu leben!

Zu Hause ist, wo der Anker liegt

In Bayona trafen wir uns das erste Mal. Ich war dort, mittlerweile alleine, mit meinem Katamaran eingelaufen, auf dem Weg nach Norden, zurück nach England. Wenige Tage zuvor erst war ich in Aveiro, Portugal, ausgelaufen. In dieser wunderschönen Lagunen- und Universitätsstadt hatten wir überwintert und dabei viele Freunde gefunden. Und dort hatte Sabine nun beschlossen, für zirka ein halbes Jahr alleine nach Spanien zu ziehen, auch, um dort die Sprache zu lernen. Aber das ist auch schon wieder eine andere Geschichte. Jedenfalls, in Bayona traf ich viele interessante Segler und Herumtreiber, aber nur Niki und Jamie wurden zu richtigen, wichtigen Freunden.

Bayona ist so ein Hafen, schicksalsschwer, zu dem Kolumbus nach seinem Amerikatörn zurückgekommen war, gelegen südlich des legendären Kap Finisterre am Eingang des mächtigen Ría de Vigo. Also strategisch gut platziert, dazu ein netter Ort an Land, ein ebenso netter Yachtclub – und schon war es der Treffpunkt für Langzeit- und Weltumsegler. Hier kreuzten sich viele Kurse, ob nun *outward bound* oder schon auf dem Weg zurück – wobei sich immer wieder die Frage stellte: Zurück, aber wohin eigentlich? Zurück, wie in meinem Fall, ins Ungewisse. Zu Hause ist eben einfach dort, wo der Anker liegt. Und niemand lebte das konsequenter und glücklicher als Niki und Jamie auf ihrer alten, gerade mal elf Meter langen Holzsloop. Als ich sie damals traf, waren sie noch blutjung, aber schon halb um die Erde gesegelt, von Australien bis hierher. In Bayona waren mir zuerst ihr wunderhübsches Boot mit den eleganten Linien der klassischen Rennyacht der 50er Jahre aufgefallen und das kleine hölzerne Beiboot, das Jamie gerade zimmerte. Er kam aus Sydney und war gelernter Bootsbauer. Niki dagegen, seine Freundin, Lebens- und Segelgefährtin, stammte aus England. Als Teenager war sie aus irgendeinem Grund nach Australien gefahren und hatte dort während einer Regatta an Bord einer großen Yacht Jamie kennen gelernt. »Wir wussten einfach beide vom ersten Augenblick an, dass wir gemeinsam auf einem Schiff leben und segeln wollten«, sagte Niki, als ob damit alles Weitere erklärt wäre. Ist doch auch das Normalste der Welt, oder?

Immerhin, das Schiff hatte Jamie schon, »geerbt« von seiner Familie. Ein paar Monate arbeiteten sie noch, um Geld zu verdienen, rüsteten das Boot so gerade eben mit dem Nötigsten aus und segelten los. Ziel: Europa.

Gerade zwanzig waren sie – blutige Greenhorns – und gerieten im Indischen Ozean gleich in ihren ersten Taifun. Viel hätte nicht gefehlt und dieser tropische Wirbelsturm wäre auch ihr finaler Orkan geworden. Tagelang trieben sie in der tosenden See ohne einen Fetzen Segel, lagen eng zusammengerollt auf dem Kajütenboden ihres Bootes, in völliger Finsternis, während draußen die Seen auf das kleine Boot eintrümmerten und der Wind schrill im Mast kreischte. Erlebten echte Todesangst, sahen in einen unbeschreiblichen Abgrund und kamen gestärkt und erwachsen daraus hervor.

Nach zwei Tagen etwa war der Sturm vorbei und wie durch ein Wunder schwamm ihr Schiffchen noch, wenn an Bord auch ein unbeschreibliches und nasses Chaos herrschte. Seekarten, Klamotten, Bettzeug, Bücher, Brot, Reis – alles durchnässt und unbrauchbar. An Deck sah es nicht minder wüst aus und mit Entsetzen bemerkten sie, dass durch die Gewalt der Sturmseen sämtliche Farbe vom Rumpf geschliffen worden war, herunter bis auf die nackten, rohen Holzplanken! Aber sie hatten den Taifun überlebt. Sie schafften es bis nach Sri Lanka, wo sie an Land gingen und ihr Schiff gründlich überholten.

Sie machten dabei ihre ersten Erfahrungen mit korrupten,

wenn auch harmlosen Beamten. Niki und Jamie wollten für einige Tage zurück nach Australien fliegen. Der »Immigration Officer« beauftragte sie bei der Ausreise damit, auf dem Rückweg zehn Rugby-Hemden und eine Handvoll Baseball-Kappen mitzubringen, sonst würde er sie nicht wieder einreisen lassen. Jung und gutmütig brachten die beiden das Gewünschte mit – trotz ihres schon damals chronischen Geldmangels. Dann, nur zehn Tage später, konnte der Kerl sich nicht mehr daran erinnern, was er eigentlich »bestellt« hatte, und sich auch nicht entscheiden, was er nun nehmen sollte. Am Ende segelten Niki und Jamie noch monatelang mit einer Ladung Rugby-Hemden durch die Welt und verteilten sie unterwegs an Kinder und Landbewohner, wie es gerade kam.

Viel später, in England, traf ich sie alle wieder: Niki, Jamie und Sabine. Ich hatte den Katamaran verkauft und vorübergehend einen Job bei einem nautischen Verlag angenommen und lebte nun auf einem sehr kleinen, sehr rotten, aber dafür sehr hübschen und sehr gemütlichen Gaffelkutter. Niki und Jamie waren nach England gesegelt, um sich hier einige Monate lang herumzutreiben und Nikis Familie zu besuchen – am Ende wurden es, wie immer bei den beiden, wenn sie Pläne machen, zwei oder drei oder vier Jahre, so genau weiß ich es nicht mehr. Sie lassen sich treiben, wohin der Wind und ihre Launen sie wehen, und sie lassen sich dabei von niemandem einengen. Wenn man sich mit ihnen verabredet, kann man eigentlich schon froh sein, wenn man sich am Ende mit ihnen auf demselben Kontinent wiederfindet! Einmal wollten sie mich treffen, als ich mit meinem Schiff im Hafen von Paimpol in der nördlichen Bretagne lag. Statt jedoch nach Paimpol zu segeln, machten sie auf der anderen Seite der Halbinsel fest und marschierten die zehn Kilometer über Land. Dummerweise war ich nicht an Bord, als sie ankamen, und so kehrten sie um und wanderten zu ihrem

Schiff zurück. Das nächste Mal sah ich sie etwa drei Monate später wieder.

In England jedoch verbrachten wir eine ganze Zeit zusammen. Sabine war aus Spanien zurückgekommen und bei mir an Bord wieder eingezogen und wir lebten in einem netten schwimmenden Dorf im Hafen von Town Quay, Southampton, und segelten ab und zu auf dem Englischen Kanal und zu den Kanalinseln und nach Frankreich hinüber. Als wir in Town Quay lagen, waren dort etwa fünf oder sechs Boote ganz unterschiedlicher Größe bewohnt: ein arbeitsloser Lehrer auf einem neun Meter langen Motorsegler, drei Studenten auf drei sehr kleinen und sehr alten Holz- und Plastikbooten, ein Trucker und seine Frau auf einem zwölf Meter langen Serienschiff, ein Beamter von der städtischen Denkmalpflege aus dem Rathaus auf einem winzigen, aber wunderhübschen Klassiker, der sogar noch kleiner war als die Boote der Studenten, dafür aber tiptop gepflegt. Er war halb taub, hatte irgendwo noch ein Haus und eine Familie und musste trotz seiner Taubheit auf sein Schiffchen ziehen, in dem er so gerade eben sitzen und liegen, nicht jedoch stehen konnte, um endlich seine Ruhe zu finden.

Niki und Jamie hingegen segeln einfach über einen Ozean, wenn sie Ruhe brauchen und – natürlich – wenn sie Geld sparen müssen. »Den wahren Frieden findet man etwa 1000 Seemeilen vom nächsten Land entfernt«, schrieb Joseph Conrad einst. Wie wahr! Außerdem kann man dort eben auch kein Geld ausgeben. Ein wichtiger Aspekt für die beiden, die mit minimalem Budget unterwegs sind. Sie leben fröhlich von der Hand in den Mund. Geld brauchen sie nur so viel, wie gerade nötig ist, um ihr Schiff und sich selbst am Leben zu erhalten – in dieser Reihenfolge!

Als sie in England waren, verbrachten sie ein Jahr an Land. Jamie restaurierte mal wieder ihr altes Holzschiff, Niki arbeitete in einem Versicherungsbüro, um Geld zu verdienen. »Ein absolut verlorenes Jahr«, sagte sie danach voller Überzeugung. »Das wird uns nie wieder passieren!« Lieber sprachen wir übers Ozeansegeln. Ich hatte da so einige Ambitionen, obwohl ich mich in Europa auch sehr wohlfühle. Sabine jedoch hatte so ihre Bedenken, aber natürlich bestärkte Niki mich. »Ihr macht doch das komplizierte, das schwierige Segeln – an den gefährlichsten Küsten der Welt, mit Tidenströmungen, Schiffsverkehr, Nebel und was sonst noch alles. Aber über einen freien Ozean zu segeln, am besten downwind im Passat, das kann doch jeder! Da ist nun wirklich nichts weiter dabei, allenfalls muss man ein bisschen astronomische Navigation können«, sagte es und war natürlich fest davon überzeugt.

Es würde ihnen übrigens nie einfallen, für so nutzlose Hilfsmittel wie GPS-Geräte Geld auszugeben. Wozu haben sie denn ihren Sextanten und die nautischen Tafeln?

Darüber waren wir oft aneinander geraten. Ich vertrat – leider – die allgemeingültige Meinung, dass nämlich GPS ein Segen und ein Sicherheitsfaktor für die Segelei sei. Zu gut erinnere ich mich noch an einige Tage, neblig und flau, während derer ich mit einer Handvoll Freunden, damals noch als Teenager auf der Yacht meines Vaters, in der Deutschen Bucht zwischen dem noch dort liegenden Feuerschiff »Elbe 1« und Helgoland regelrechte Suchschleifen segelte, um den im Nebel versteckten Felsen zu finden. Leichtwind, Gezeitenströmungen und viele Kreuzschläge machten aus einer noch so sorgfältigen Koppelnavigation ein mehr oder weniger akkurates Topfschlagen. Einmal sahen wir in den wabernden Nebelschwaden eine Helgolandfähre vorbeifahren und versuchten ihren Kurs einigermaßen zu peilen, ein anderes Mal tasteten wir uns nur mit viel Glück und dem Echolot bis zur Hafeneinfahrt von Helgoland – die wir erst sahen, als wir schon fast drinnen waren. Tatsächlich dachte ich in jenen Tagen, wie unglaublich es doch wäre, einen kleinen schwarzen Kasten zu haben, der einem immer ganz genau sagen könnte, wo man sich befände. Damals gehörte so eine Vorstellung natürlich noch in das Reich der Fabeln und der Zauberei. Und nun, keine zehn Jahre danach, hatte schon jeder Stegsegler solch einen Zauberkasten an Bord. Toll, oder?

Niki fand das nicht. »Die Leute wiegen sich in trügerischer Sicherheit und verlernen es, zu navigieren«, sagte sie mir. Und als sie das sagte, gab es noch keine vollautomatischen Kartenplotter mit AIS und Radaroverlay, die, sofern sie an einen Autopilot gekoppelt sind, das Schiff quasi alleine fahren und demnächst dabei wohl auch noch Kaffee kochen und alle an Bord eingehenden Telefongespräche beantworten können.

Mittlerweile sind die beiden an die 15 Jahre oder länger unterwegs, in alle möglichen und unmöglichen, weil entlegenen Ecken der Welt gesegelt – und das noch immer ohne elektronische Navigation, sondern mit Papierseekarten, Sextant und Handpeilkompass. Und ohne Motor. Nicht, um irgendetwas zu beweisen, sondern einfach, weil es ihnen Spaß macht. Und weil die beiden eben so sind. Was anderes wollen sie nicht, als an Bord der zehn Meter langen »Siandra« zu leben und zu segeln, frei und völlig unabhängig. Nichts weniger. Nicht mehr, aber vor allem eben auch kein Stück weniger. Sich keinen äußeren Zwängen zu beugen, außer vielleicht den Gezeiten, den Jahreszeiten und den Winden, das ist das hohe Ziel, für das sie ein an materiellen Dingen zwar äußerst bescheidenes, ansonsten aber sehr erlebnisreiches Leben führen.

Vor vielen Jahren überzeugte ich sie davon, mit ihrem Schiff zum Holzbootfestival nach Risör in Südnorwegen zu segeln. Da waren sie denn auch der Star der Show. Und, wie ich sie kannte, dachte ich, dass sie anschließend auch gleich in Norwegen überwintern würden. Wie es sich herausstellte, kannte ich sie damals noch schlecht. Sie überwinterten zwar in Norwegen, aber nicht im Süden. Wenn schon, denn schon, sagten sie sich (und mir) und segelten im Herbst noch schnell an die 2000 Meilen nach Norden, um die Polarnacht in Nordnorwegen, am Nordkap und in Tromsö, zu erleben. Das war allerdings selbst für diese zwei Abenteurer eine harte Nuss. Nach knapp sechs Monaten Dunkelheit und Kälte kehrten die beiden doch extrem blass und etwas verschimmelt in den frühlingshaften Süden zurück ...

Ich segelte in der Zwischenzeit noch einmal mit Sabine ins Mittelmeer, fand mich auf Malta plötzlich alleine und verlassen an Bord wieder und hing ein paar Monate lang durch. Traf später Anke (eine andere Geschichte) und segelte zurück in den Norden, wo sie damals lebte – nur, um etwa ein Jahr später gemeinsam mit ihr wieder Richtung Süden zu starten.

Anfang Dezember, so um den Nikolaustag herum, verließen Anke und ich Emden mit Kurs auf London (noch eine andere Geschichte). Dort trafen wir Silvester ein, Niki und Jamie lagen in jenem Winter mit ihrer »Siandra« in Falmouth, Cornwall, machten einen langen Landausflug und besuchten uns – per Bus – für ein paar Tage in London. Dort beschlossen wir, im Frühjahr mehr oder weniger zusammen nach Südwesten zu segeln. Ziel? Völlig ungewiss. Hauptsache: Süd. Ob wir in Gibraltar nach Backbord und hinein ins Mittelmeer segeln würden oder nach Steuerbord in den Atlantik hinaus, war vollkommen offen. Es würde sich schon weisen, wenn es so weit war. Dafür genossen wir den Weg nach Süden. In der Bretagne hielten wir uns besonders lange auf. Aufregendes Segeln zwischen Felsen und Flüssen – in einem Fahrwasser gibt es auf einer Strecke von lumpigen dreieinhalb Seemeilen ganze 18 Untiefentonnen und nicht eine davon ist überflüssig! Außerdem erinnere ich mich an wunderschöne Spaziergänge durch Dünen, noch mehr Felsen und Pinienwälder zu einsamen Buchten. Und an die Köstlichkeiten der Region, fast alle aus dem Meer: Austern, Miesmuscheln, Jakobsmuscheln, Seespinnen, Krabben, Langusten oder Hummer. Manchmal kratzten wir uns unser Abendessen auch selbst von den Felsen. Napfschnecken sind zwar nicht ganz so köstlich wie Austern, haben aber den Vorteil, dass sie den steinernen Untergrund der gesamten Küste dicht besiedeln und menschlichem Zugriff schutzlos ausgeliefert sind. Wer zufällig eine Zitrone in der Tasche hat, kann die Tierchen gleich fachgerecht zubereiten; ansonsten schmecken sie auch *en nature*.

Im Morbihan feierten wir Nikis Geburtstag. Die Party allerdings wäre um ein Haar ins Wasser gefallen, wenn uns nicht ein freundlicher Fischer gerettet hätte. Und das ging so: Unsere Schiffe – »Siandra« und »Enterprise« – lagen hintereinander im Strom vor Anker, in der Enge bei Port Blanc, zwischen der Ile aux Moines und dem Festland. Morgens früh schulterte ich einen leeren Rucksack und paddelte mit Anke in unserem knallroten Gummiboot die etwa 500 Meter an Land. Dann wanderten wir etwa zwei Kilometer die Landstraße entlang bis zu einem Supermarkt, wo wir den Rucksack mit allen erhältlichen Köstlichkeiten für den Geburtstagsabend beluden: frische Austern aus der Gegend, frischer Fisch, Pasteten, Salate, Baguettes, Wein, noch mehr Wein und dann noch ein paar Flaschen Wein obendrauf. Mühsam, weil mit sehr schwerem Rucksack und einigen zusätzlichen Tüten beladen, schlichen wir zum Landeplatz und unserem Beiboot zurück. Doch mittlerweile war die Tide gekentert; die junge frische Flut rauschte und gurgelte mit ungeheurer Wucht durch die Enge, auf deren anderer Seite unsere Boote lagen. In diesem Moment hätten sie auch auf der anderen Seite des Atlantiks liegen können, so unerreichbar waren sie für uns und unser Gummiboot.

Wir hätten es wissen müssen, denn das ist ganz typisch für das Morbihan, diesen Binnensee mit nur einem schmalen Ausgang zum offenen Meer. Wir erinnerten uns an unser Einlaufen in diesen einzigartigen Golf. Um uns herum strömte, zischte, gurgelte und wirbelte es. Die Flut rauschte »nur« mit sechs Knoten, wir hatten zum Glück Nipptide, durch die Enge beim Pointe Navalo in den Golf von Morbihan hinein – es hätten auch neun oder zehn Knoten sein können – und trug uns mit, sog uns sozusagen hinein. Wir hätten keine andere Wahl gehabt. Das Einlaufen in den Golf gestaltete sich unorthodox, nämlich über den Achtersteven. Der König sagte: »Auslaufen!«, die Tide sagte: »Einlaufen!« Und es wurde eingelaufen, gnadenlos, wenn es eben sein musste, auch rückwärts. Wir hatten kaum Wind und keine rechte Lust, den Motor zu starten, ließen uns als Spielball treiben. Von den Gezeitenwirbeln gepackt, die hier durch den unebenen, felsigen Meeresboden entstehen, drehte sich unser Schiff um die eigene Achse, mal hierhin, mal dorthin.

Nicht immer ist die Passage durch die Enge so extrem, mit etwas mehr Wind oder auch der Maschine könnte man ja die Ruderwirkung im Schiff erhalten; aber immer schießt man wie der Korken aus einer warmen Champagnerflasche hindurch. Der fjordartige Golf an der Südküste der Bretagne ist immerhin rund 50 Quadratmeilen groß, zwei Mal am Tag zwängt sich das Wasser mit den Gezeiten durch die Enge hinein und wieder hinaus. Rund ein Dutzend größere Inseln (nur zwei oder drei davon bewohnt) und Hunderte kleinere Eilande und Felsen liegen im Golf verstreut.

Als wir im Golf drinnen waren, segelten wir mit einer kleinen Landbrise gemächlicher weiter. Nicht überall ist die Tide so furios wie in der Einfahrt – und natürlich auch nicht über alle zwölf Stunden eines Gezeitenzyklus hinweg. Beeindruckt waren wir von den Austernbänken, die wir im Vorbeisegeln an der Mündung des Rivière d'Auray sahen, und von den bewaldeten Felseninseln, die mich an Norwegen erinnerten. Und bei Port Blanc schließlich, spät an einem stillen Abend, ließen wir unseren Anker nur wenige Meter hinter dem Heck der schon hier verankerten »Siandra« in das ruhige dunkle Wasser gleiten.

Jetzt hingegen war es hier, wie gesagt, alles andere als ruhig. Wir beluden das Gummiboot mit den Viktualien, stachen mutig in See und paddelten, was wir nur konnten. Nach 20 Metern etwa wurden wir von einem Wirbel gepackt und drehten uns im Kreis wie ein lustiges Karussell. Voran kamen wir nicht mehr, trieben allerdings seitwärts ab – mit beängstigender Geschwindigkeit. So schnell wie jetzt war dieses Paddelboot jedenfalls noch nie gewesen. Die zwei verankerten Yachten, eine davon immerhin unser schwimmendes Zuhause, entfernten sich von Sekunde zu Sekunde mehr. Es ging nicht – auf zum Rückzug! Nur mit Mühe und viel Kraft schafften wir es, aus dem Strudel heraus und – etwa 500 Meter weiter in die falsche Richtung – wieder an Land zu kommen. Dort stiegen wir aus, ich zog das beladene Boot, knietief durch das Wasser über teils scharfkantige, oft auch glitschige Felsen und einen grobkörnigen Strand watend, zum Ausgangspunkt unsres kleinen Abenteuers zurück.

Wir hätten nun einfach darauf warten können, dass die Tide wieder kippt. Das wäre wohl so in vier, fünf Stunden gewesen. Aber wir hatten das Boot voll mit verderblichen Lebensmitteln, auch wollten wir das Geburtstagsdinner vorbereiten, statt hier am Strand zu hocken.

Die Lösung kam in Form eines freundlichen Fischers daher, der milde lächelnd unseren vergeblichen Versuch beobachtet hatte. Jetzt bot er uns an, uns hinüberzuschleppen! Sein Boot war klein, aber stark motorisiert. Und was eben noch paddelnd vollkommen unmöglich gewesen war, erwies sich jetzt als Kleinigkeit. Es dauerte keine fünf Minuten, bis er uns im Schlepptau und zu unserem Schiff gebracht hatte.

So wurde es ein wunderbarer Geburtstag, den wir zu viert an Bord verbrachten. Wein und Geschichten gab es genug, am

Ende sangen wir alle und Anke und ich brachten ihnen »*Dat du mien Leevsten büst*« bei, in bestem, breitestem Plattdeutsch. Der Text, einmal übersetzt, gefiel ihnen. Uns gefiel die Vorstellung, dass die beiden – ein Australier und eine Engländerin – irgendwann am anderen Ende der Welt den verdutzten Südseeinsulanern dieses schöne norddeutsche Lied vorsingen würden …

Danach segelten sie weiter nach Süden. In Sevilla wollten wir uns wiedertreffen, von dort bekamen wir auch eine E-Mail: »*Das Leben hier ist so billig, dass sich sogar die Crew der ‚Siandra' ab und zu ein Bier an Land leisten kann! Kommt schnell!*« Denn sie wollten bald weiter, wurden allmählich ungeduldig, auf uns zu warten.

Auf dem Weg dorthin hatten wir eigentlich vorgehabt, noch einen Abstecher nach Madeira zu machen, doch den strichen wir nun. Stattdessen hingen wir wochenlang im schmutzigen Hafen von Leixoes fest, während ein Südweststurm nach dem nächsten die Schiffe dort kräftig durchschüttelte. So kam es, dass sie trotz allem schon weg waren, als wir endlich den eigenartigen breiten, trägen Fluss Guadalquivir hinauf nach Sevilla gesegelt kamen.

Seit Morbihan haben Anke und ich die beiden nicht mehr gesehen. Das ist das Schicksal der Boatbums, Liveaboards und Abenteurer. Etliche Jahre ist es her, unsere zwei Kinder Ole und Malin wurden in der Zwischenzeit geboren und wachsen fröhlich heran. Niki und Jamie jedoch segelten zurück auf die Südhalbkugel, lebten ein paar Jahre in Neuseeland, Tasmanien und Australien und halten sich seither im Pazifik auf.

»Pippilotta« nimmt Kurs auf Hamburg

»Na, Schipper, dann erklär uns mal, wie wir hier jetzt ablegen sollen!«

Hrmmph, tja, wie? Gute Frage, und Christian grinst mich breit an. Platz zum Manövrieren gibt es keinen. Der Ostwind nagelt uns fest an die Spundwand im Hafen von Glückstadt und da gerade Niedrigwasser ist – wir wollen ja mit der Flut nach Hamburg hinauf –, ragt die Mauer rund fünf Meter über unser Deck empor. In die Spring eindampfen und mit dem Heck rausdrehen, wie ich es so oft mit dem Motorschiff »Libje« gemacht hatte, geht nicht: *Rrrrums! Knirsch!* Der Bugspriet würde an der Spundwand zersplittern. Andersherum in die Spring dampfen, um den Bug rauszudrehen, kommt ebenso wenig infrage, das klappt bei dem Wind nicht. Also?

»Da liegt doch so ein kleiner Schlengel in paar Meter zu Luv und achteraus von uns«, sagt Christian. Da legt er eine Leine drauf (die er mal kurz etwa 15 Meter weit wirft) und belegt die dicht genommen am Heck, macht dann alle anderen Leinen los und dampft vorsichtig voraus in diese Luvspring ein. Wie von Geisterhand gezogen legt »Pippilotta« quer gegen den Wind von der Pier ab – fantastisch! Man muss eben nur wissen, wie. Ich habe hier auf diesem Schiff jedenfalls noch eine ganze Menge zu lernen. Gut, dass ich eine gute Versicherung habe …

Es ist der letzte Tag der ereignisreichen Überführung der »Pippilotta« von Leeuwarden nach Hamburg. Ein kalter Tag im Februar mit schneidendem Ostwind, tief an den Himmel gehängten grauen Regenwolken und heftigen Schauern. Aber all das kann unsere Freude nicht trüben: Es ist geschafft – fast!

Begonnen hatte es rund drei Wochen zuvor, am 9. Februar.

Der große Tag verlief jedoch ganz banal und unspektakulär. Vormittags wurde ich in meinem Büro vom Notar in Groningen angerufen. »Congratulations!«, sagte der. »Sie sind ab heute Eigner des Klippers, der unter dem neuen Namen *Pippilotta* für Sie in das Schiffsregister der Niederlande eingetragen ist!«

Einfach so, ein Anruf im Büro: Alles Geld ist bezahlt und dort eingegangen, alle Verträge sind unterzeichnet – ich darf jetzt das Schiff übernehmen und damit tun und lassen, was ich möchte. Wo bleiben die Fanfaren? Die knallenden Champagnerkorken?? Der tosende Beifall???

Nichts, nur ein blöder Arbeitstag wie so viele andere – außer dass wir am nächsten Tag nach Leeuwarden fahren werden! Das Wetter ist übrigens entsprechend, wie von Mr. Murphy persönlich bestellt: Ein eisiger, alles durchschneidender Ostwind (genau gegenan natürlich, wenn man von den Niederlanden nach Hamburg segeln möchte) weht schon seit Tagen, dazu gibt es zur weiteren Abkühlung Schnee- und Graupelschauer.

Dass wir »Pippilotta« übrigens unter der Flagge der Niederlande segeln, hat natürlich seinen Grund. Ich hätte ja nichts gegen eine deutsche Flagge am Mast gehabt, aber wen wir auch fragten – beim Deutschen Segler-Verband, bei der Wasserschutzpolizei, beim Bundesamt für Seeschifffahrt und Hydrografie (BSH) –, niemand konnte oder wollte genau sagen, welche Vorschriften man beachten muss, wenn man eine private Segelyacht von 25 Metern Länge in Deutschland anmelden möchte.

Am Ende hatte ich einen besonders netten und verständigen Beamten vom BSH am Telefon und nach einer längeren Unterhaltung mit mir sagte er schließlich ganz pragmatisch: »So eine holländische Flagge passt doch sehr gut zu einem Schiff wie Ihrem!« Also, wenn das keine Einladung zum Ausflaggen wegen offenbar mal wieder zu komplizierter deutscher Gesetze ist, die selbst die Offiziellen nicht kennen, was dann?

Am Sonntag fahren Anke und Ole und ich mit dem Auto nach Leeuwarden, wo wir nachmittags ankommen und an Bord gehen. An Bord unseres neuen »Hausebootes«, wie Ole sagt.

Wie verabredet kommt gegen 17 Uhr ein Tankwagen, bestellt noch von unseren Voreignern, der uns an die 600 Liter roten Diesel in die Tanks spült. Rot! Geht gar nicht in Deutschland!! Total illegal!!!

»Aber ich habe gar nichts anderes«, sagt der Tankmensch. »Der vorige Eigner hat nur roten Diesel gebunkert!« Ist also mit Heizöl gefahren. Außerdem sind die Tanks ja noch halb voll, da bringt es eh nichts, wenn man jetzt teuren Straßendiesel draufkippt. Das leuchtet ein, aber ich kann nur hoffen, dass unterwegs kein Zoll an Bord kommt; auch wenn wir das Schiff mit vollen Tanks in den Niederlanden gekauft haben, wo das Tanken von rotem, also von allen Straßensteuern befreitem Diesel offenbar legal, zumindest aber üblich ist. Nehmen wir an, wir wären nicht an Bord gewesen. Die Tanks wären dennoch gefüllt worden und wir hätten gar nichts unternehmen können.

Abends fahren wir in den größten Supermarkt, den ich seit langer Zeit gesehen habe, wir kaufen allerlei Zeugs ein und gehen dann abends noch essen in einer sehr netten Kneipe. »Spinoza« heißt der Laden – kann man empfehlen, außer dass es sehr lange dauert und dass Ole natürlich schon todmüde ist. Er hält sich aber tapfer. Abends an Bord schläft er dann sogar das erste Mal in seinem Leben in seinem eigenen Zimmer! Darauf haben wir so um die drei Jahre lang gehofft! All die Zeit auf »Libje« schlief er bei uns im Bett. Dass wir überhaupt ein Geschwisterchen für ihn hinbekommen haben … Es gibt kein besseres Verhütungsmittel als ein Kind, das im Bett immer zwischen seinen Eltern liegt. Aber lassen wir das … Auf jeden Fall schlafen wir alle drei besonders gut an Bord, das nehme ich als gutes Omen. Wir schlafen morgens auch lange aus, frühstücken, stöbern an Bord herum, dann kommt unsere supernette Überführungscrew – Christian und sein Bruder Sebastian. Die beiden hatte ich schon mal kurz gesehen, dazu Bastians Freundin Annelene aus Deutschland und noch ein befreundetes Pärchen, Wouter und dessen Freundin Irene. Alle fahren im Sommer professionell auf Charterschiffen der »Braunen Flotte« (also genau die Schiffe, wie »Pippilotta« auch eines ist – Bastian kannte sie sogar noch als sie in Charter war und noch ganz anders hieß. Irenes Vater hat zwei dieser Schiffe, davon fährt sie eins als Schipper; die beiden Brüder haben je ihr eigenes Schiff unter ihrem Kommando (Bastian, der Ältere mit 35, ist selbst Eigner seines Schiffes). Mehr geballte Erfahrung und Expertise mit dieser Art von Schiffen hätten wir nicht finden können, auch wenn wir uns darum bemüht hätten. Haben wir aber gar nicht, das alles war wie immer ein Zufall: Christian ist der Nachbar eines guten alten Freundes von mir aus Haarlem. Deren Söhne spielen in derselben Fußballmannschaft. So hat er mich mit Christian zusammengebracht, zwei Mal haben wir telefoniert, dann lief alles wie von selbst. Aber was für Mengen an Proviant schleppen die an Bord? Ob die das Schiff wirklich nach Hamburg bringen oder in Wahrheit ganz woanders hin wollen? Wir können ja nicht wirklich sagen, dass wir auch nur einen von denen kennen; nicht mal die Nachnamen wissen wir. Leicht hätten sie es, mit unserer »Pippilotta« auf Nimmerwiedersehen hinterm Horizont zu verschwinden!

Bevor es jedoch so weit ist, fahren wir mit unserer Überführungscrew durch die Kanäle von Leeuwarden bis nach Lauwersoog. Eine ganze Weile steuere ich unser neues Schiff und eng kommen sie mir anfangs vor, diese Kanäle. Vor allem, wenn man vor Brücken warten muss, im Kanal treibend oder auch irgendwo am Ufer festmachend. Den gesamten Tag regnet es übrigens in Strömen, aber das kann unsere Freude nicht trüben. Dass es hier und da und dort auch durchregnet, bemerke ich an diesem Tag noch nicht. Dass der Motor bereits klinisch tot ist, auch nicht. Dafür hat unsere fantastische Crew gleich sämtliches Werkzeug mitgebracht, um wenigstens die gröbsten Fehler im Rigg zu beseitigen: Trennscheibe, Schweißgerät, Ketten. Besser hätte ich es nicht treffen können. Noch im Hafen von Lauwersoog, bereits an der offenen Nordsee beginnen die Arbeiten. Die Ankerkette wird repariert, indem ein schwaches Glied entfernt wird, neue Püttings für die vorderen Unterwanten des Besanmastes werden angeschweißt. Die Masten waren arg nach achtern gebogen, weil sie jahrelang falsch verstagt gewesen waren; das zu richten, dauert jetzt kaum einen Tag. Ein Jammer, dass Anke, Ole und ich hier in Lauwersoog aussteigen und mit dem Auto nach Hamburg zurückfahren müssen – unser Schiff wird morgen in das Wattenmeer auslaufen. Kurs: Elbe.

Zwei Tage später kommen die ersten unheilvollen Nachrichten. Die gute zuerst: Das Schiff segelt sehr gut – zumindest sagt unsere Crew das, sind sie doch etliche Meilen durch das Watt gegen den Wind bis zum Hafen von Norderney gekreuzt und haben dann dort auch unter Segel angelegt. Kaum zu glauben! Das ist die hohe Kunst, die königliche Kür der traditionellen Seemannschaft! In einen Hafen einlaufen und anlegen unter vollen Segeln. Solch ein Manöver mit einem – inklusive Klüverbaum – rund 30 Meter langen Schiff, das immerhin 70 Tonnen Gewicht durch das Wasser schiebt, das muss man wirklich erst einmal können. Oder sich zutrauen. Also, bis diese 70 Tonnen endlich zum Stehen kommen – eine Bremse gibt es hier ja nicht. Der durchschnittliche Freizeitsegler traut sich ja kaum, mit einem acht Meter langen Boot ohne Maschine anzulegen.

Ohne Maschine … Das ist natürlich das Stichwort für die schlechte Nachricht. Bereits im Watt zwischen Norderney und Spiekeroog hatte die Maschine begonnen, Ärger zu machen. Unheilvolle Geräusche, die unsere Crew dazu veranlassten, sie lieber auszuschalten, zu ankern und mit der nächsten Tide nach Norderney zu segeln. Dort wurde ein Mechaniker konsultiert, der wechselte nach Tagen eine offensichtlich kaputte Einspritzdüse aus und sprach abschließend das unheilvolle Orakel: »Diesen Motor müssen sie aber in Hamburg dringend komplett durchchecken und überholen lassen!«

Wie wahr! Am Ende tauschten wir den Motor komplett aus (aber auch das ist eigentlich eine andere Geschichte), womit ich natürlich beim Kauf überhaupt nicht gerechnet hatte. Die Crew an Bord jedenfalls hatte dank dieses Intermezzos einige nette Ferientage auf Norderney – na ja, Norderney im Februar, es gibt sicher Aufregenderes.

Bastian erzählte später die lustige Geschichte aus dem winzigen Hafenamt dort: »Als wir los wollten, war ein kleiner Autounfall auf der Insel passiert. Dann wollten wir auch noch auslaufen. Sagt da einer im Hafenbüro: ,Mannomann, heute ist hier aber auch was los!'«

Immerhin, von hier aus ging es expressartig weiter. Mit Volldampf nach Wangerooge, dann weiter mit der auflaufenden Flutwelle in die Elbe hinein. Eigentlich hatte ich in Cuxhaven wieder an Bord gehen wollen, dann kam jedoch eine SMS: »*Noch sechs Meilen bis Cux. Tide gut, fahren weiter!*« Fast befürchtete ich schon, dass sie mit dieser Tide noch ganz bis Hamburg kämen, dann machten sie doch in Glückstadt fest.

Tags darauf: Endlich wieder an Bord! Ole, Astrid, Axel und ich kommen mit der Vorortbahn aus Altona nach Glückstadt gefahren, gehen gegen Mittag an Bord. Es ist fast Niedrigwasser, der Liegeplatz ist eng, wir liegen an der Spundwand und der Wind (aus Ost) drückt uns voll dagegen. Christian begrüßt mich breit grinsend: »Na, Schipper, dann erklär uns doch mal, wie wir hier jetzt ablegen sollen!« Aber das hatte ich ja schon erwähnt …

Die Fahrt bis Hamburg verläuft dann planmäßig und ohne Aufregung, am Ende lege ich das Schiff selber im City-Sportboothafen an, unterhalb des Michels direkt im Zentrum Hamburgs.

Einen Tag später, unsere freundlichen Helfer sind schon wieder nach Hause abgereist, beginnt der Bordalltag. Es leckt und tröpfelt unter Deck. *Aber so ein paar leckende Luken, das ist ja lächerlich*, denke ich – noch. Das Regenwasser steht zwischen Rahmen und Deck und kann nicht abfließen, also muss es ja lecken. Dann muss ich Frischwasser bunkern, das ist schon aufregender. Den Wasserschlauch muss ich erst einmal quer über den Hafen werfen, bis mir das gelingt, ist die erste halbe Stunde weg. Drei Stunden läuft das Wasser dann in den Tank. Es sollte doch einen Überlauf geben, hatte der Voreigner gesagt (das war gelogen, wie so vieles). Dann wird es mir unheimlich – zum Glück stelle ich das Wasser ab kurz bevor der Tank platzt. Die Bodenbretter im Badezimmer (über dem Tank) sind schon hochgebogen, Luft und Wasser entweichen zischend aus einem winzigen Spalt zwischen Inspektionsluke und Tank. Nun aber schnell mal Wasser verbraucht! Dumm nur, dass dieses Brauchwasser erst mal in den Holdingtank läuft. Der Voreigner hatte mir auch erklärt, dass die Pumpe den Tank automatisch entleert, wenn er voll ist – wieder mal gelogen. Also heißt es jetzt alle zwei Tage (und nun auch eher) ins Vorschiff klettern, um die Pumpe für den Tank manuell anzuwerfen. Mühsam! Also noch mehr Handlungsbedarf zum Reparieren oder gleich Umbauen …

»Hast du etwa noch andere Hobbys?«, hatte Christian mich gefragt. »Nein? Na dann ist ja gut, denn ab jetzt hast du mehr als genug vor!«

Trotz allem ist es wunderschön, hier hinter der Überseebrücke im Schatten der »Cap San Diego« auf diesem beeindruckenden Schiff herumzuturnen. Habe heute auch Stunden damit zugebracht, den Anker »einzufangen« und ordentlich zu verstauen. Welch ein Erfolgserlebnis! Und was für eine Therapie für einen ansonsten körperlich degenerierten Schreibtischhocker und Computerstarrer!

Uwe, unser Hafenmeister aus Teufelsbrück, kommt vorbei und freut sich riesig: »Das wird ja eine wirklich Zierde für unseren Hafen!« Gibt es ein schöneres Kompliment?

Der alte Seemann

Eigentlich war er schon an Land gestrandet wie ein unglückliches Schiff, das vom Kurs abgekommen ist, aber natürlich kann selbst das einen echten Seemann nicht erschüttern. Mehr als dreißig Jahre lang war er gefahren, wenn man seinen Erzählungen glauben mag – und warum sollte man das nicht? –, von Kap Hoorn über Chile bis Sansibar, von Liverpool über New York bis Hamburg, St. Pauli. Als Bootsmann hat er wohl mehrmals den Globus umrundet, als Herr und Meister des Kabelgatts und von allem, was an Deck vorgeht. Zu Zeiten, als die Schiffe noch so hübsch waren wie die Bräute, von denen er verzückt erzählt und natürlich behauptet, in jedem Hafen mehr als nur eine gehabt zu haben. Er fuhr auf etlichen Schiffen, Seelenverkäufern und stolzen Dampfern und zum Schluss auch auf der bildschönen »Cap San Diego«, die heute als Museumsschiff im Hamburger Hafen liegt. Und das in einer Ära, als die Matrosen, Bootsleute und Offiziere noch frei hatten im Hafen, Zeit für den Landgang und für das Abenteuer, das sich dabei unweigerlich immer ergeben hat.

Wüste Geschichten kann er erzählen, unser Bootsmann, wenn er Lust dazu hat und wenn der eine oder andere Drink seine Stimme ölt, die nach einer schlimmen nur schwer, aber immerhin überstandenen Krankheit so lädiert ist, dass sie einem heiseren Krächzen gleicht. Geschichten, na klar, von Bordellen und Schlägereien, aber auch von Menschlichkeit und Liebe. Hat er Kinder? Dumme Frage! »Dreißig Jahre lang bin ich zur See gefahren«, poltert er lachend. »Woher zum Teufel soll ich wissen, ob ich Kinder habe?«

Unser Bootsmann? Wir haben ihn quasi adoptiert, vor allem Malin, unsere Tochter, hat ihn adoptiert, als sie gerade einmal ein Jahr alt war und die beiden miteinander flirteten, dass sich die Decksbalken bogen. Irgendwann kreuzten sich unsere Kurse, denn ein Schiff, ein Segelschiff wie die »Pippilotta« zieht Seeleute an, echte Seeleute, wie das Licht die Motten. Und irgendwann heuerte er quasi an als Bootsmann, der er nun einmal ist, und kümmert sich und sorgt dafür, dass an Deck alles klar ist und auch so bleibt. Immerhin war – ist – das sein Leben. Peter Prinz, genannt Fietje, genannt Bootsmann.

»Ich wollte schon immer zur See fahren«, sagt Peter-Fietje. Sein Vater hatte ihn als kleiner Knirps immer mal mit an Bord genommen, auf Fischdampfer und einen »Klütenewer«, ein Küstensegler, der auf der Nordsee unterwegs war. »Aber der Alte wollte nicht, dass ich auch fahre«, fährt er fort. »Ich sollte lieber Elektriker werden, das sei ein solider Beruf. Aber dazu hatte ich keine Lust. Nach einem Vierteljahr in der Ausbildung bemerkte das auch mein Meister und sagte: ,Ich rede mal mit deinem Vater.' Da dachte ich: *Au weh, das gibt wohl ordentlich was!* Er hatte nämlich eine recht lockere Hand mit uns Kindern. Immer wenn meine Schwester was ausgefressen hatte, behauptete ich, ich sei es gewesen – und bekam prompt den Backs dafür. Das konnte ich bei ihr doch nicht mit ansehen! Aber stattdessen sagte er nur ganz ruhig zu mir: ,Du willst also unbedingt fahren? Also gut. Aber ich suche dir dein erstes Schiff aus.'«

So kam es, dass er 1964 an Bord seines ersten Schiffes ging, anmusterte, um Matrose zu werden, später dann Bootsmann. Es war ein *Kümo*, ein kleines Küstenmotorschiff, das auf der Ostsee fuhr. »Die Lademarke war so hoch wie das Gangbord«, erinnert Bootsmann sich. Im Landrattendeutsch heißt dies, dass die Decks im voll beladenen Zustand so tief lagen, dass sie ständig vom Wasser überspült wurden. »Hauptsache war also, dass die Lukendeckel (der Ladeluken) immer schön dicht hielten!«

Und im offenbar besonders strengen Winter 1964 lagen sie dann auch gleich eine Weile in St. Petersburg, damals Leningrad, fest. »Es waren 42 Grad minus, aber ich dachte damals, das muss wohl so sein!«

In wärmere Gefilde kam er einige Jahre später, als es endlich auf große Fahrt ging – 1967 war es, Peter fuhr nun auf Schiffen, die Häfen an der amerikanischen Ostküste und im Pazifischen Ozean anliefen. Damals war dies noch ein echtes Abenteuer, war es noch wirklich die »weite Welt«, die es ja heute für die hektisch jettenden Urlauber schon lange nicht mehr gibt. Allerdings, sein Schiff sei ein Seelenverkäufer gewesen mit einem Riss im Rumpf und dem strikten Verbot, noch zahlende Passagiere an Bord zu nehmen – was damals sonst durchaus üblich war, auch auf Frachtschiffen. Also musterte unser Bootsmann nach elf Monaten Südsee im ersten deutschen Hafen wieder ab, bekam aber bald sein nächstes Schiff – und das nächste und das nächste und immer so weiter. Ein kunterbuntes, wunderbares und romantisches Seemannsleben, wie es Hans Albers, die *singende Landratte*, für sein ahnungsloses Publikum dargestellt und imitiert hat. Und wie es Hans Bötticher – alias Joachim Ringelnatz – durch seine herrliche Figur des Kuttel Daddeldu so plastisch aufleben ließ. Anders als Albers war Ringelnatz immerhin selbst zur See gefahren, als Schiffsjunge auf der Bark »Elli« und später in der kaiserlichen Marine des Ersten Weltkrieges. Aber eines hatte auch er nicht – ein samoanisches Seefahrtsbuch.

Bei der Erinnerung daran grinst Peter wieder mal breit. »Irgendwer in unserer Regierung hatte sich, das war in den 80er Jahren, irgendwas von Entwicklungshilfe ausgedacht und so wurden zwei deutsche Schiffe von unserem Reeder an die Bundesregierung ausgeliehen und ausgeflaggt nach Samoa. Auf einem der Schiffe fuhr ich und blieb auch als Wahl-Samoaner an Bord. Eine Weile fuhren wir Fracht im Pazifik, aber dann hat das ganze Projekt wohl doch nicht so geklappt, wie man es sich einst in Bonn ausgedacht hatte. Die Schiffe wurden nicht viel später in Hongkong verkauft!«

Dinge gibt es zwischen Himmel und Erde und vor allem eben auch immer wieder auf See, die man zuweilen lieber gar nicht wissen möchte. Wie die Geschichte der betrogenen Besatzung der »Waltraud Horn«. Auf diesem Schiff war Peter eine Weile in der Thunfischfahrt unterwegs, immer von Westafrika hinein ins Mittelmeer, nach Sardinien und an das italienische Festland. Dann ging es einmal nach Haifa, um 1000 Tonnen Orangenkonzentrat zu laden – bestimmt für Florida.

»Was das wohl wieder für ein Geschäft war?!«, wundert Bootsmann sich heute noch. Jedenfalls erzählt er dann so ganz nebenbei, dass es kurz nach dem Auslaufen eine Explosion an Bord gegeben habe. Daraufhin sei das Schiff noch so gerade eben nach Palermo gelangt, wo es sechs Wochen festlag und wieder zusammengeflickt wurde. Die Kühlung war das einzige, was die ganze Zeit lang lief, und so dampfte man anschließend weiter, quer über den Atlantik bis zum Bestimmungshafen Tampa in Florida, wo das »frische« Orangenkonzentrat abgeliefert wurde.

»Irgendwas war aber nicht, wie es sein sollte«, vermutet Peter. »Jedenfalls wurde das Schiff dort verkauft, lief dann unter der Flagge der Bermuda-Inseln. Die Crew heuerte ab, nur drei von uns blieben an Bord: der erste Offizier, der Maschinist und ich.« Aufgefüllt wurde die Mannschaft mit etlichen Dominikanern. »Dann liefen wir aus – Kurs: Afrika – und verschwanden in der Atlantikdünung immer in den Wellen. Am vierten Tag fragt mich einer der Dominikaner, wann wir denn endlich in Santo Domingo ankämen. Es stellte sich heraus, dass der Reeder die für ein paar Dollar angeheuert hatte mit der Lüge, sie würden nur bis Santo Domingo fahren. Aber wir waren ja unterwegs nach Abidjan. Wir drei setzten dann beim amerikanischen Kapitän durch, dass die Leute wenigstens mal nach Hause telefonieren durften, um den Familien zu sagen, dass sie wohl ein paar Wochen länger weg seien als geplant. In Abidjan sind dann alle von Bord gegangen, die Crew wurde aus lauter Afrikanern angemustert und ich bin noch bis Venedig an Bord geblieben, dann aber dort auch abgehauen.« Die Entführung einer kompletten Schiffsbesatzung, das hätte auch bei Joseph Conrad vorkommen können – ebenso die vielleicht bewegendste Episode aus Bootsmanns Seefahrtszeit. Eine ganze Weile fuhr er auf Südamerikafahrt mit den legendären »Cap San«-Schiffen, machte dabei auch die letzte Reise der »Cap San Marco« mit; fuhr, wie eingangs schon gesagt, auch auf der nun in Hamburg ausgestellten »Can San Diego«. In Santos, Brasilien, dem Hafen von Sao Paulo, hat er sich nämlich einen Adoptivsohn herangezogen. »Damals herrschte dort im Land eine unglaubliche Inflation, das Geld entwertete in der Hand, man konnte sozusagen dabei zusehen. Machte natürlich niemand, sondern gab es aus, so schnell es ging. Und mit den an Bord verdienten US-Dollar waren wir hier sowieso die absoluten Könige.«

Es passierte im Rotlichtviertel, wo sich die ehrlichen Seeleute eben so aufhalten, wenn sie mal an Land gehen. »Ein etwa fünfjähriger Rotzlöffel wollte uns die Schuhe putzen für umgerechnet ein paar Pfennige, zu essen hatten die doch alle nichts, die waren einfach alle nur bedauernswert. Ein riesiger Norweger, so ein Seemann à la Wolf Larsen, gab dem kleinen einen gezielten und bestimmt schmerzhaften und fiesen Tritt in den Hintern, obwohl er sich stundenlang mit einer Nutte vergnügte und dabei mehr Geld ausgab als vermutlich die ganze Familie des Kleinen für einen Monat brauchte. Ich sah rot und bin auf den losgegangen, das gab eine wüste Prügelei und ich habe natürlich ordentlich was einstecken müssen von dem Riesenkerl, aber es ging nicht anders. Aber anschließend ist mir in diesem Hafen nie etwas passiert, weil ich alle Schuhputzerjungs der Stadt auf meiner Seite hatte – und die wussten immer, wo wann jemand überfallen wird und so. Das passierte natürlich häufig wegen der extremen Armut und der Verzweiflung der Menschen dort und der vergleichsweise reichen Seeleute. Und danach kam Paulchen, so nannte ich den Jungen, der eigentlich Paolo hieß, immer zu mir an Bord, eine Weile kam ich ja regelmäßig in den Hafen und er fragte immer bei jedem Schiff, ob ich da wäre. Ich bin dann mit ihm losgegangen, habe ihm Klamotten gekauft und so, habe ihm auch zwischendurch immer mal was zugeschickt. Wir waren dicke Freunde, er war wie ein Sohn für mich. Mit 14 hat er mit mir seine erste Zigarre geraucht und seinen ersten *Cuba Libre* getrunken, das war mir so lieber, das hätte er ja sowieso gemacht. Und er wollte unbedingt mit mir zusammen zur See fahren, aber das war etwas, was ich ihm leider nicht erfüllen konnte. Immerhin, mit 15 war er fort und ich habe gehört, dass er zur See gegangen ist. Danach habe ich nie wieder etwas von ihm gehört und ich glaube, dass es ihm gut ging, weil er sich ja sonst bestimmt gemeldet hätte.«

Und Peter-Fietje-Bootsmann? Hörte nach 31 meist glücklichen Jahren mit der Seefahrt auf. »Weil die den Beruf des Bootsmanns abgeschafft haben«, wie er erklärt. Ohnehin würden ihm die modernen Zeiten wohl kaum noch gefallen – Containerfahrt im Akkord, nur noch Stunden im Hafen und das vermutlich auch noch ohne Landgang. Das wäre nichts für unseren Seemann, der das Leben und die Menschen so sehr liebt – und so ist er nun als freiwilliger und längst unentbehrlicher Helfer an Bord des Klippers »Pippilotta« doch weitaus besser aufgehoben …

Das kleine Glück

Mit dem Glücklichsein ist das ja so eine Sache. *»Du altes Schwein im Trüffelbeet, weißt du auch stets, wie gut's dir geht?«* Das musste Joachim Ringelnatz sich von Zeit zu Zeit selbst fragen, um dann darauf zu stoßen: Ach ja, fast hätte ich es vergessen, es geht mir gut. Saugut sogar! Nicht immer merkt man es, aber heute Abend war so ein Abend. Ganz unspektakulär, aber magisch. Schlagartig wurde mir etwas Wunderbares klar: Ich lebe genau so, wie ich es mir immer gewünscht habe, zu leben. Darauf muss man erst mal kommen! Und was noch viel bemerkenswerter ist: Man muss gar keinen großen Törn in die Südsee oder sonst wohin unternehmen. Um in den Genuss dieses wunderbaren Gefühls zu kommen, reicht es, ein ganz normales kleines Manöver im Hafen zu machen. Mehr brauche ich offenbar nicht, um glücklich zu sein. Was das genau über mich sagt, möchte ich jetzt gar nicht wissen.

Es war ein Frühlingsabend, noch frisch, aber nicht mehr kalt. Früher Frühling, es konnte auch jederzeit noch mal kippen, vor zwei Tagen erst hatte es noch geschneit.

Wie auch immer, wir haben nur mal eben das Schiff umgedreht, mehr nicht. »Pippilotta« liegt noch an ihrem Winterliegeplatz vor der Kneipe, aber Uwe, der Hafenmeister, beginnt damit, die Schlengel wieder in den Hafen hinein zu schwimmen. Bislang lagen wir mit dem Steven zum Tresen, unser Bugspriet hätte, wenn ich ihn runtergelassen hätte, auf der Kneipentheke gelegen. Wenn die Schlengel gegenüber liegen, haben wir keinen Platz zum Drehen mehr. Wir würden einfach stecken bleiben. Und den ganzen Hafen rückwärts raus, das ginge gar nicht. Schon nach wenigen Metern schert das Heck von »Pippilotta« stark nach Backbord aus, da kann man machen, was man will. Egal, wie das Ruder steht oder der Wind weht oder was der Skipper will, sowie die Maschine rückwärts läuft, klappt das Heck nach Backbord. Das ist ein eisernes Naturgesetz und einerseits praktisch, wenn man es in seine Manöver planvoll mit einbauen kann. Wenn nicht, dann ist es nur noch eine Katastrophe.

Also, rückwärts aus dem Hafen fahren ist nicht. Drehen, nachdem die Schlengel liegen, auch nicht. Also mussten wir das Schiff jetzt drehen. Die Familie war nicht da, aber Boots-mann und Christoph schauten vorbei, um ihre Hände zu leihen. Ganz ruhig und unspektakulär und souverän drehten wir die alte »Pippilotta« in dem engen Hafenloch direkt vor der Kneipe – leider war es noch vor der Essenszeit und so hat mal wieder kein Schwein zugeschaut. Vorleinen los, alle Vorsprings ebenfalls, nur das Heck bleibt noch fest. Dann Maschine einmal kräftig voraus, Ruder legen, der Wind hilft auch mit: Der Bug klappt rum. Nun das Heck losbinden und ein paar Meter weiter fahren, nicht zu weit, sonst rammt sich der Bug die Böschung zur Promenade rauf, Ruder dabei hart steuerbord. Wie gesagt, Platz gibt es hier nicht viel. Dann kräftig achteraus gegeben, das Heck dreht dabei, wie oben beschrieben, nach Backbord und unterstützt die Drehung noch. Heck dann an der neuen Stelle, jetzt mit der Steuer-bordseite am Steg, festgemacht. Voraus geben, Ruder legen, der Bug klappt ran und wird ebenfalls festgemacht. Fertig. Lässig.

Klingt einfach und ist es auch – wenn alles klappt. Leider hatte sich unser Anker im Beiboot verfangen, das unterm Bug festgemacht war. Dumm gelaufen, aber es hat uns nur eine kurze Weile aufgehalten, indessen Christoph das Boot vom Anker wieder lostüderte. Aber so ganz professionell wirkte unser Manöver dadurch leider nicht mehr. Dafür sah die gute »Pippilotta« umso besser aus. Im Abendlicht. Wir tranken noch drei Bier zusammen auf dem Steg vorm Schiff, dann machten sich die beiden wieder von dannen.

Und ich? Ich besah mir mein Schiff. Mein Haus. Schiffshaus für meine Familie und mich. Als wäre es das erste Mal. Ich ging an Land, stand auf der Promenade und blickte zur »Pippilotta« runter. *Kein Wunder*, dachte ich voller Stolz, *dass wir so oft fotografiert werden.* Der gewaltige Rumpf mit einem eleganten Decksprung. In der Mitte niedrig, zum Heck und vor allem zum Bug hin steigt das Deck in einer ganz genau richtig proportionierten Kurve an. Die Masten, das Rigg, ach, alles! Etwas Schöneres, das schwöre ich, gab es für mich in diesem Moment auf dieser ganzen wunderbarsten aller Welten nicht. Stundenlang könnte ich so vor meinem Schiff stehen und es verliebt und bewundernd betrachten. Das war mir mit einigen meiner früheren Schiffe auch schon passiert und zuweilen, ganz selten, passiert es mir sogar mit fremden Schiffen (so, wie dem Schoner im alten Hafen von Cannes, in den ich mich so heftig verguckt hatte, während mein damaliges richtiges Schiff, die »Enterprise«, mit Anke und einer ihrer Freundinnen an Bord im Londoner Limehouse Basin lag und uns dort vorübergehend ein kleines City-Apartment war. Ich bin sicher, einem Hausbesitzer kann so was nicht passieren. Häuser haben einfach nicht diese Faszination, diese Ausstrahlung wie Schiffe. Höchstens – vielleicht – Schlösser. Aber da ich nur relativ wenige Schlossbesitzer in meinem Bekanntenkreis habe, kann ich dazu nichts Genaues sagen. Und wer möchte schon in einem Palast wohnen …

Und dann tat ich noch etwas, was weder Villen- noch ein Schlossbesitzer normalerweise so einfach können: Ich stieg in das Ruderboot und pullte auf die dunkle, stille Elbe hinaus. Es war kurz vor Hochwasser, der Fluss lag ruhig und glatt und strömte fast nicht mehr. Lichter funkelten von den Schiffen und Häusern und Laternen und anderen Dingen an Land und reflektierten im trägen Dunkel der Wasseroberfläche. Die Sterne, sofern nicht von einigen abziehenden Wolken verdeckt, taten das auch. Ich ruderte mit langsamen, gleichmäßigen Schlägen am Ufer entlang flussaufwärts – Richtung Neumühlen. Bald kam ich an einen kleinen Strand, im Dunkel konnte ich gerade die schattenartigen Umrisse eines umgestürzten Baumes ausmachen, dessen Zweige bis weit übers Wasser reichen. Oles Kletterbaum, der Kletterbaum unzähliger Kinder. Jetzt war keine Menschenseele hier. Ich dachte: *Wäre jetzt jemand hier, säße vielleicht im kalten, feuchten Sand und sähe wie ich die Elbe hinab, ebenfalls fasziniert von den im schwarzen Wasser reflektierenden Lichtern, das müsste etwas bedeuten: eine Seelenverwandte* (natürlich denkt Mann immer zuerst an die Frauen) *oder wenigstens ein Seelenverwandter.*

Allerdings, ich war alleine – in meinem Ruderboot und auch sonst im Universum, wie es schien. Keine Seelenverwandtschaft weit und breit – die waren vermutlich alle in warmen, gemütlichen Restaurants zum Essen.

Ich ließ mich treiben. Alles war reglos und still. Das Wasser hätte auch 1000 Meter tief sein können mit allen dazugehörigen Ungeheuern und Geheimnissen, aber ich schwamm ja obenauf. Die Ebbe setzte ein, nahm mich mit, wie jeden Zweig und jedes Stück Treibholz, gemächlich driftete ich zurück nach Hause. Nach Hause? Muss es nicht heißen: nach Schiff?

Im Hafen bewunderte ich so en passant zum abertausendsten Mal die hübsche »Pippilotta«, dann machte ich das Beiboot unterm Heck des Klippers fest und ging an Bord. Zeit für ein Glas Wein.

Was für ein Abend! Schon gemerkt? Ich war an diesem Abend alleine. Am nächsten Tag würde die tollste Familie der Welt zurück an Bord kommen. Trubel! Dieser stille Abend dagegen wird mir lange in Erinnerung bleiben.

Der Hafen der Liveaboards

Es gibt, wie gesagt, Abende, die bleiben einfach in der Erinnerung. Auch dies ist so ein spezieller Abend gewesen: Es war eine der schönsten Dinnerpartys, die ich je erlebt hatte – davor und, bis jetzt, auch danach. Etliche Jahre ist es her, ich lebte damals, wie bereits erwähnt, vorübergehend auf einem alten Gaffelkutter im Hafen von Town Quay, Southampton. Sabine war, ebenfalls vorübergehend, wie sich noch zeigen würde, aus Spanien zu mir an Bord zurückgekehrt. Ich hatte, auch das natürlich nur vorübergehend, einen Job in einem maritimen Verlag angenommen und insgesamt war es eine leicht irreale und sehr unübersichtliche Situation, was meine persönlichen Gefühle anging. Aber das ist ja nichts weiter Besonderes.

Besonders war dagegen dieser Abend. Wir saßen bei Tim an Bord, es war ein Advent im Dezember (wann sonst), draußen war es dunkel wie im Kohlenkeller und dazu noch viel kälter, leichter Schnee fiel. Wir waren zu viert: Tim, seine damals neue Freundin, deren Namen ich leider gleich wieder vergessen habe, Sabine und ich. In der Kajüte wurde es schnell sehr warm, unsere Knie stießen unter dem Tisch aneinander, immerhin konnten wir fast aufrecht sitzen, ich musste meinen Kopf nur ganz leicht einziehen. Denn Tim wohnte auf einem Boot, das damals rund 25 Jahre alt war, aus der Anfangszeit der Kunststoff-Serienproduktion stammte und nur knappe sechs Meter lang war. Die »Kajüte«, sofern man dieses Schlupfloch als solche bezeichnen wollte, war entsprechend bescheiden dimensioniert. Eine Nussschale, mit anderen Worten, nicht besonders hübsch, nicht besonders gut segelnd – aber extrem billig und allemal gut genug, dass Tim, der Student, fröhlich und zufrieden rund um das Jahr darauf leben und auch noch damit segeln konnte.

Nach kurzer Zeit schon waren die zwei Plexiglasscheiben der Fenster beschlagen, Wasser tröpfelte in meinen Nacken. Beim Essen stießen wir mit den Ellbogen aneinander, wie man es sonst so aus der Touristenklasse von Flugzeugen kennt. Dafür war wirklich alles Wichtige in Griffweite, ohne dass jemand hätte aufstehen müssen – was ja ohnehin nicht möglich gewesen wäre. Während wir die leckere Vorspeise verzehrten, schmorte im Wok auf dem einflammigen Petroleumkocher ein köstlicher chinesischer Eintopf. Zwei Petroleumlampen spendeten Licht und Wärme, im Laufe des Abends wurde es uns dann so heiß, dass wir Schiebeluk und Niedergang öffneten, obwohl es draußen immer noch schneite. Das gab auch den Griff auf die gut gekühlten Weinflaschen im Cockpit frei, die mit zunehmender Schnelligkeit geleert wurden. Wir lobten unseren Gastgeber Tim, dass er für dieses festliche Adventsessen sogar zusätzliche Teller, Bestecke und Gläser organisiert hatte.

Tim war stämmig, breitschultrig und muskulös und lief auch im Winter fast immer nur in zerschlissenen Hosen und T-Shirts herum. Er hatte struppiges schwarzes Haar und einen ebensolchen Vollbart, doch seine blauen Augen blickten treu und arglos in die Welt wie die eines Kindes. An diesem Abend hatte er uns eingeladen, um uns voller Stolz seine neue Freundin, eine ziemlich feurige Blondine, vorzustellen. Sie war wohl auch sonst ganz nett, wirkte aber hier an Bord von Tims Boot nicht gerade wie in ihrem natürlichen Habitat. Sie wohnte nicht weit vom Hafen in einem kleinen, aber, wie Tim betonte, gemütlichen und warmen und trockenen Apartment. Und so sahen wir den guten Tim dann während der folgenden Tage und Wochen auch kaum; er hatte offenbar ein kuscheliges Winternest gesucht und es hier gefunden. Er studierte hier in Southampton und seit fast zwei Jahren lebte er nun schon an

Bord seines kleinen Bootes. Im Laufe des Abends erzählte er uns nicht ohne Stolz, dass er in den Semesterferien schon bis Cornwall und in die Bretagne gesegelt sei, nach Beendigung seines Studiums wollte er mit seinem Minikreuzer »nach Süden« segeln. Irgendwohin, Hauptsache dorthin, wo das Wetter warm und das Leben billig wäre, wovon wir ja alle träumten. Seine Ausrüstung bestand aus zwei Segeln, einem ebenso antiquierten wie launischen Außenbordmotor, einem Kompass und einigen Seekarten älteren Datums.

Tatsächlich hörte ich gut ein Jahr später, dass er mit diesem Boot von England aus bis nach Mallorca gekommen sei, gemeinsam mit seiner Freundin – was nicht die war, die wir an diesem Abend kennen lernten. Leider habe ich danach, das ist wieder einmal das Schicksal des (See-)Nomaden, nie wieder etwas von ihm gehört. Ich stelle mir gerne vor, dass er auf der Insel hängen geblieben ist und dort inmitten einer stattlichen Schar barfüßiger und wohlgeratener Kinder mit der dazugehörigen Mutter glücklich und zufrieden lebt – denn ein wirklicher Seemann war er irgendwie nicht, obwohl es eine sehr beachtliche Leistung war, es mit diesem Boot überhaupt bis dorthin zu schaffen.

Adrian war in dieser Hinsicht anders. Ein Seemann eben. Er hatte – hat es vermutlich noch – ein wunderschönes Schiff, das er über alles liebte. Es war die »Anthea«, eine originale Falmouth Quay Punt, ein knuffiger und vor allem historischer Gaffelkutter aus dem 19. Jahrhundert, etwa acht Meter lang, mit dem einst die auf der Reede von Falmouth liegenden Großsegler mit Wasser, Post und Proviant beliefert worden waren.

Schon bald nachdem Sabine und ich ihn das erste Mal trafen, passierte es: Sophie hatte sich ihn geangelt, Adrian, nicht »Anthea«, auf die sie mit Sicherheit oft eifersüchtig gewesen sein dürfte und die eine ernst zu nehmende Rivalin für jedes weibliche Menschengeschöpf war, das es mit Adrian versuchen wollte.

Sophie jedenfalls hat es geschafft, sie hat Adrian domestiziert, wie die Frauen das mit uns eben so tun. Oder es zumindest versuchen, von ganz seltenen und sehr, sehr wertvollen Ausnahmen einmal abgesehen.

Adrian lebte damals jedenfalls noch nicht einmal an Bord, denn sein Schiff stand aufgebockt an Land und er reparierte etliche Planken, Spanten und Decksbalken – sämtliche Inneneinrichtung hatte er zu dem Zweck demontiert. Und weil sein Schiff damit unbewohnbar wurde, sogar für ihn, hauste er einfach in seinem uralten Land Rover, auf dessen hinteren Längsbänken er sich ein Bett gebastelt hatte, und in den Waschräumen der Marina und in den Hörsälen der Uni. Dort studierte er damals Schiffbau, Spezialschiffbau: Später zog er für einige Jahre nach Portugal, wo er, wenn ich es richtig begriffen habe, für die britische Admiralität Fregatten baute. Ausgerechnet er, Adrian, der so sanft und fröhlich und harmlos ist wie ein großer Junge, der eigentlich nur segeln und dabei in Ruhe gelassen werden möchte, der jetzt – hoffentlich! – glücklich mit Sophie und zwei oder drei oder noch mehr Kindern wieder in Südengland lebt.

Damals jedoch, als wir ihn und er Sophie kennen lernte, bastelten wir ab und zu gemeinsam an seinem Schiff, denn diese Baustelle war ein bevorzugter Treffpunkt der Liveaboards von Town Quay – wenn wir nicht, wie regelmäßig jeden Freitagabend, rettungslos in der »Frog and Frigate« versackten, einer uralten Hafenspelunke mit Sägemehl auf den Holzdielen, frischem Bier aus etlichen unterschiedlichen Fässern und höllisch lauter Livemusik, zu der getanzt und gerockt wurde, sofern man sich dazu einen Platz im Gedränge freischieben konnte. Tagsüber wurde dann etwas studiert oder, in meinem Fall, etwas gearbeitet, oft segelten wir mit den Schiffen auch zur Isle of Wight oder nach Poole Harbour herüber, wobei Adrian ab und zu bei anderen an Bord mitkam. Später half er mir auch einmal dabei, meine »Enterprise« schnell und glatt von Southampton nach Bordeaux zu segeln, was in wenigen Tagen gelang, obwohl wir mitten in der Biskaya mindestens einen Tag in der Flaute lagen: »*Ein gemaltes Schiff auf einem gemalten Ozean*«, wie es beim »Ancient Mariner« so schön heißt.

Wie auch immer, die Arbeit an seiner »Anthea« ging voran, denn Sophie war schlau genug, ihn dabei nach Kräften zu unterstützen. Ich verkaufte meinen Gaffelkutter und stieg auf die »Enterprise« um, segelte abermals ins Mittelmeer, wo Sabine und ich uns endgültig trennten (eine andere Geschichte). Etwa ein oder auch knapp zwei Jahre später kam ich dann wieder einmal in Southampton vorbei, immer noch mit der »Enterprise«, aber diesmal schon mit Anke an Bord.

Nichts bleibt, wie es war – es mochten alles in allem runde zweieinhalb Jahre vergangen sein, seit Sabine und ich aus Town Quay fortgesegelt waren. Und nun waren von den einst so zahlreichen fröhlichen Liveaboards nur noch zwei übrig geblieben. Alle anderen hatte es hierhin und dorthin verschlagen: Tim, wie gesagt, nach Mallorca oder weiter, Maggie und Tony mit ihrer Zwölf-Meter-Yacht nach London, einige andere hatten ihre Schiffe verkauft. Auch Adrian und Sophie waren nicht mehr dort – sie trafen wir in einem anderen Yachthafen von Southampton, die »Anthea« schwamm und die beiden lebten an Bord und hatten sich dort unter Deck sogar schon einigermaßen eingerichtet mit einer großen Koje, Regalen, einem Kocher.

Wir segelten mit unseren zwei Schiffen gemeinsam nach Cowes hinüber, schwelgten einen Abend lang in noch gar nicht so alten Erinnerungen und schworen uns, dass wir uns sehr bald irgendwo »im Süden« wiedertreffen würden. Abermals das bekannte Schicksal: Auch Adrian habe ich seither leider niemals wieder getroffen – nein, einmal besuchte er mich in Hamburg, wo die »Enterprise« in Teufelsbrück lag und Anke und ich schon von unserer Sesshaftigkeit befallen waren.

Das Leben passiert, während man – jedenfalls ich – andere Pläne macht. Auf Dauer mit unseren Schiffen »nach Süden« haben wir es beide nicht geschafft, auch wenn ich mit »Enterprise« ziemlich viele Häfen und Inseln des Atlantiks und des Mittelmeeres erkundet habe und Adrian zumindest für zwei Jahre nach Portugal zog.

Irgendwann bekam ich von den beiden eine Weihnachtskarte mit ihrer neuen Adresse in Südengland. Aus Versehen landete die dann im Altpapier und das war es dann. Tatsächlich habe ich mich bemüht, aber die Adresse habe ich nicht recherchieren können. So ist es zuweilen halt auch, das Leben. Allerdings freue ich mich schon jetzt darauf, Adrian irgendwann wieder über den Weg zu laufen – was zweifellos passieren wird.

Zurück in den Norden

Dann war ich im Wildwasser. Plötzlich, ohne Vorwarnung, begann die See zu kochen. »Enterprise« sprang und bockte wie toll in der wütenden See, rollte, dass die Scheuerleisten eintauchten und um ein Haar auch noch die Nock des Großbaums auf der einen und dann die ausgebaumte Genua auf der anderen Seite. Alles an und unter Deck klapperte und knallte und veranstaltete ein Höllenkonzert, aber ich war ans Rad gefesselt: Fleming, unsere Selbststeueranlage, hatte keine Chance, das Schiff vor dem Wind und in diesem Chaos auf Kurs zu halten. Aber das ringsum, das waren auch keine Seen mehr, sondern Ungeheuer. Spitz aufgischtend und hinterhältig schlugen sie einfach aus allen Richtungen zu. Mehr als ein Mal fühlte ich mich regelrecht persönlich angegriffen von dem wütenden Wasser.

Das war es also, das berüchtigte »Alderney Race«. Und ich hatte es ja nicht anders gewollt. Wollte dicht an die Insel, um möglichst viel vom starken Tidenstrom nach Osten mitzukriegen. Na, zumindest das hatte so weit geklappt: »Enterprise« machte zwischen Alderney und dem Cap de la Hague, wie ich später anhand der Seekarte feststellte, an die zwölf Knoten Fahrt über Grund. Junge, Junge, wenn ich das in meinem Club erzähle! Glauben tut es mir ja doch keiner. Froh war ich trotzdem, bald nach diesem unheimlichen Sprint in den riesigen Hafen von Cherbourg einzulaufen, um mich erst mal ordentlich auszuschlafen.

Es war das Ende meiner Zeit auf der Segelyacht »Enterprise«, auf der ich so lange gelebt und so viel erlebt hatte. Ich wusste es damals, einige Jahre vor der Familiengründung, noch nicht – vielleicht wäre ich dann ja nicht zurückgesegelt. Aber wie auch immer. Aus verschiedenen Gründen waren Anke und ich etliche Monate zuvor, aus Sevilla kommend, in das Mittelmeer hineingesegelt. Später entschlossen wir uns aus wieder anderen Gründen, zum Jahresende erst einmal in den Norden, nach Hamburg, zurückzukehren. So kam es, dass wir an einem stürmischen und regnerischen Sommertag sozusagen in Lee einer riesigen, mehr als mannshohen Weinflasche im Hafen von Pauillac an der Gironde lagen und auf besseres Wetter und bessere Zeiten warteten.

Pauillac liegt ja mitten drin in einem der berühmtesten Weingebiete der Welt und hat daher diese gut drei Meter hohe Flasche als Ansteuerungsmarke auf der Außenmole stehen. Die wunderbaren Weine aus der unmittelbaren Umgebung halfen uns denn auch darüber hinweg, dass wir hier am Atlantik offenbar in einen sehr stark verfrühten Herbst geraten waren. Dabei war es erst wenige Tage her, seit wir unter einem knallblauen Himmel bei brennend heißer Sonne durch den »Canal des Deux Mers« – den »Canal du Midi« und den »Canal latéral à la Garonne« – vom Mittelmeer aus hierher motort waren. David war aus London gekommen, um eine Woche lang mit nach Norden zu segeln – eigentlich hatten wir fest damit gerechnet, ihn auf unserem eigenen Kiel wieder in England abliefern zu können, aber nur wenige Pläne halten dem Kontakt mit dem Feind stand, wie schon der General van Moltke einst festgestellt hatte: Statt zu segeln, blieben wir fast die ganze Woche lang an die Weinfässer des Médoc gekettet, während der Nordwest hartnäckig mit sieben und mehr Windstärken das Rigg durchschüttelte und die beschauliche Gironde zu harten, kurzen, gischtenden Seen aufpeitschte. Dabei erinnerte sie uns an die Unterelbe mit ihrem sandig trüben Flusswasser, den Bänken und Untiefen und gemütlichen kleinen Schlicklöchern an beiden Ufern – trocken fallende Häfen im Schilf mit Platz für jeweils weniger als eine Handvoll Boote.

»Das ist schon fast wie zu Hause!«, erklärten wir unserem

englischen Besuch. »Allerdings gibt es dort oben in Niedersachsen und Schleswig-Holstein weniger *Chateaux* und auf gar keinen Fall einen so guten Wein!« Ganz unvorstellbar, so ein »Côtes de Brokdorf«, »Chateau de Brunsbüttel« oder auch die *Appelation Controlée Dithmarschen.* Nicht nur deshalb musste ich mich oft fragen, warum wir trotzdem daran festhielten, in den Norden zurückzusegeln.

Dann war es so weit. David war – natürlich – gerade über Land nach London zurückgefahren, da änderte sich das Wetter gründlich und Anke und ich segelten – langsam, sehr langsam – von Royan zur Belle Ile. Bei flauen, oft drehenden und oftmals auch für viele Stunden ganz einschlafenden Winden brauchten wir über zwei Tage für diese Strecke von gerade einmal 150 Seemeilen. Dafür hielt die Belle Ile, was ihr Name versprach: Der Sommer war wieder da, die französischen Urlauber, *tout Paris* sozusagen, auch – und so verbrachten wir auf der *Ile-anti-stress,* so der Werbespruch der südbretonischen Gemeinde Morbihan, zu der neben der Belle Ile auch noch die nicht minder schönen Inseln Groix, Houat und Hoëdic gehören, einige Ferientage. Statt weiterzusegeln, genossen wir die Insel, strampelten auf gemieteten Velos die verschlungenen Küstenpfade entlang, von Bucht zu Bucht, von einem felsigen Kap zum nächsten und immer wieder durch zauberhafte Dörfer und endlose duftende Wiesen und Felder. Und abends lockten die zahlreichen lebhaften Restaurants und Bars von Le Palais, sodass auch die Bordküche schon seit Tagen kalt blieb.

An einem sonnigen, windigen Tag segelten wir dann endlich nach Lorient, der Stadt, die ihren Namen den Aktivitäten der französischen Ostindischen Handelskompanie verdankt, denn Anke musste nun nach Hamburg fahren. In Amsterdam, so der Plan, wollten wir uns wiedertreffen. Alleine segelte ich am folgenden Nachmittag weiter und erlebte einen spektakulären Sonnenuntergang in der Biskaya. Grellrot mit horizontal hingetuschten Wolken, ein Fischgrätmuster am Himmel. Dann war die Sonne hinterm Horizont, die letzten Strahlen färbten die Wolken vertikal streifig orange und schwarz. Ungeheuerlich! Beim Sonnenuntergang war es sehr still, als hielte die Welt den Atem an, danach kehrte man wieder zum normalen Geschäft zurück und eine kleine Brise kam auf und »Enterprise« und ich segelten weiter, Kurs: West zu Süd.

Es folgte eine magische, dunkle Nacht, viele Sterne, die Wolken schienen sich verkrümelt zu haben. Sehr gute Sicht – achteraus, 20 Meilen entfernt, blitzte hell und deutlich das Feuer der Ile de Groix auf, sodass sich das Licht sogar im lackierten Kajütschott vor mir spiegelte. In Nord tauchte alle fünf Sekunden der rote Blitz von Penfret, Iles de Glenan, auf. Voraus schien eben über den Horizont hinweg Eckmühl am Pointe de Penmarch. Und ganz weit in Südost, wie zum Hohn, war gerade eben noch der Widerschein des Feuers Goulpher von der Belle Ile zu sehen.

Um 1.30 Uhr war es dann völlig windstill. Die See war spiegelglatt und die Milchstraße spiegelte sich wirklich in der schwarzen Fläche. Zeit, das Schiff und auch mich selbst treiben zu lassen und, mit dem Wecker auf dem Bauch, eine halbe Stunde im Cockpit zu schlafen. Einige Stunden später zog der Sonnenaufgang beruhigend unspektakulär herauf und so blieb es dann auch den folgenden Tag lang ruhig, mit nur ab und an einer kleinen Brise zum Segeln – leider meist zu wenig für Fleming, der schon einige Knoten Fahrt brauchte, um das Schiff auf Kurs halten zu können.

Ein anstrengender Vormittag, fast durchgehend von Hand gesteuert, endete wieder einmal bei Flaute in der Bucht von Audierne. Langsam hatte ich genug, die Maschine kauerte direkt unter dem Brückendeck und drängte sich sozusagen immer stärker in mein Bewusstsein. Es entspann sich eine kurze, aber heftige Diskussion.

Ich: »Eigentlich wollte ich ja ganz ohne Maschine segeln …«

»Er« (des Teufels Advokat): Aber so verpassen wir die Tide im Raz de Sein.

Ich: »Na und? Dann geht's eben nach Audierne zum Ausschlafen und so.«

»Er«: Aber nach Audierne will ich nicht, da ist es blöd! Und wir sollten schnell an Ouessant vorbei, solange es noch so ruhig ist. Und für den Kanal ist dann SW-Wind angesagt, das wäre perfekt.

Ich: »Aber eigentlich … Ach, egal! So kommen wir wenigstens weiter.«

»Er«: Eben. It's a long way to Amsterdam!

Ich: »Sei's drum! Die faule Sau siegt mal wieder …«

Und so wurde dann die Maschine geweckt, sprang rumpelnd an und brummelte viele Stunden lang weiter, denn der Wind kam nicht zurück. Mit Motor und einer kräftigen Tide unterm Heck sausten wir durch das Gezeitentor des Raz de Sein, wo ich die selbst jetzt bei fast völliger Flaute aufgewühlten Seen anschaute und mich im Stillen fragte, ohne jemals jemandem etwas davon zu sagen, wie es hier wohl bei mehr Wind aussehen möge und wie es uns dann nur unter Segel ergangen wäre.

Noch während ich diese Betrachtungen anstellte, zog sich die Sicht immer weiter zu, bald war es stark diesig bis schwach neblig, je nach Auffassung, und ich koppelte mich per Kompasskurs von einer Tonne zur nächsten. Ein kurzer verlockender Gedanke an Brest – in dem weitläufigen, sehr hübschen Naturhafen der Rade de Brest hatten wir vor gut einem Jahr doch einige wunderbare Tage mit Niki und Jamie und ihrer »Siandra« verbracht –, der dann jedoch ganz heroisch wieder verworfen wurde. Noch lief die Tide, mit Glück könnte ich auch noch durch den Chenal du Four kommen, und nach Brest hineinzugehen, würde einen Umweg von vielen Seemeilen bedeuten. Nördlich von Brest hatte uns der noch immer mitlaufende Gezeitenstrom dann wieder gepackt und schob uns, bei mittlerweile dichter werdendem Nebel und sehr leichter Brise wieder segelnd, zügig in die gewünschte Richtung.

Aus dem wabernden Dunst tauchten plötzlich mehr und mehr Yachten auf, unversehens waren wir mitten in ein Regattafeld geraten. Zwischen der felsigen Küste und den vielen Untiefen diesseits von Ouessant, der Ile de Molène und den anderen Eilanden kreuzten sie angestrengt umher, freilich ohne gegen die Tide viel Grund gut zu machen. Eigentlich hatte ich mir vorgenommen, noch bis zum Fluss L'Aber Wrac'h zu segeln, denn auch dies war ein Ort, der Anke und mir in bleibender guter Erinnerung war. Allein der immer dichter werdende Nebel zwang mich dann doch einige Meilen davor in den nicht minder schönen Fluss L'Aber Ildut hinein – gemeinsam mit den vielen Teilnehmern der Regatta. Wie es sich herausstellte, fand hier gerade die »Tour à la Voile de Finisterre« statt und Hunderte von Yachten drängten sich in dem winzigen Flusslauf – von schnellen Rennbooten bis hin zu gemütlichen Familienkreuzern und behäbigen Fahrtenschiffen. Ich hielt mich einigermaßen abseits und genoss dennoch den unverhofften Trubel – komplett mit einem abendlichen keltischen Konzert im Festzelt.

Einen Tag Pause gönnte ich mir hier. Dieser Ort war einfach zu märchenhaft, um gleich weiterzuhasten. Ganz von alleine fiel ich beim Alleinsegeln in ein bestimmtes Muster: zwei Tage segeln, dann eine Nacht im Hafen schlafen und so weiter. Dieser Rhythmus, in so 36-Stunden-Hopsern zu segeln, kam ganz von alleine. Zwei Tage und eine Nacht dazwischen, das konnte ich gut verkraften in den engen und vollen Küstengewässern, dabei machte ich denn meist so 160 bis knapp 200 Meilen gut. Mehr war jedoch nicht drin alleine. An Schlaf war nicht wirklich zu denken, obschon ich manchmal im Cockpit oder auch am Kartentisch für eine Viertelstunde wegdöste. Aber nach rund 36 Stunden hatte ich die Nase voll und freute mich dann jedes Mal mächtig auf das große gemütliche Bett im Vorschiff.

Der westliche Kanal brachte dann den erwarteten, erhofften Schiebewind aus Südwest. Nur unter kleiner Fock und einem gerefften Großsegel machten wir ordentlich Fahrt. Mit fröhlich wedelnder Windfahne hielt Fleming uns zuverlässig auf Kurs, mit knarzenden Steuerleinen und quietschenden Blöcken, während »Enterprise« lebendig und übermütig mit schäumender Bugsee die tiefblauen in der Sonne glitzernden Wellen hinabrauschte. Stundenlang begeisterte ich mich an diesem Schauspiel, das war ja fast wie im Passat. In diesem noch relativ weiten Seegebiet nördlich der Bretagne traf ich nur zwei Schiffe: einen Greenpeace-Dampfer, den ich leider über Funk nicht erreichen konnte, und ein Vollschiff unter Segeln, das im gespenstischen Dämmerlicht der gerade untergegangenen Sonne umso unwirklicher wirkte. Toll muss das gewesen sein, früher, als solche Begegnungen auf See noch die Regel statt die Ausnahme waren. Nachts ließ der Wind etwas nach und in der nun gegenan laufenden Tide blieb ich stundenlang beim Feuer Casquets, in unbequemer Nähe zum Dampfertrek des hier dicht vorbeiführenden Verkehrstrennnungsgebietes, bis ich mich morgens an Alderney herangearbeitet hatte und von dem nun einsetzenden *Race* in rasanter Fahrt bis Cherbourg gespült wurde.

Östlich von Cherbourg folgte später ein typischer eigenartiger Flautentag. Grau, diesig, der Himmel überzogen von trüben formlosen Unwolken. Dazwischen immer mal ein winziger Fleck blassblauen Himmels, aus dem dann etwas Sonne fiel, die vereinzelte Reflexe auf das bleigraugrüne Wasser zauberte. Seit der Halbinsel Cotentin gestern Mittag hatte ich kein Land und kein Schiff mehr gesehen, ich fühlte mich total entrückt und könnte sonst wo, irgendwo, nirgendwo sein. Stunden später tauchte dann die Schifffahrtsstraße am nördlichen Horizont auf, wo die Frachter wie auf der Autobahn aneinandergereiht vorbeizogen. Das gab wenigstens einen Hinweis darauf, dass die andere Welt noch existierte. Trotzdem musste ich mich hier und jetzt unwillkürlich fragen, ob ich noch jemals irgendwo ankommen würde … Und das, obwohl ich mich hier ja schon wieder in Heimatgewässern befand. Die englische Kultur wurde mir durch *BBC 4* wieder in Erinnerung gebracht. Ständig lief dort vor dem Seewetterbericht dieses völlig absurde Cricket, obwohl die Engländer dabei doch sowieso immer gegen ihre ehemaligen Kolonien verlieren. Die Kommentatoren sprachen dabei so langweilig, wie es das Spiel auch ist. Immerhin war das immer noch besser, als den frühmorgendlichen *Shipping-Forecast* zu hören – denn dann wurde auch noch »God Save the Queen« über einem ausgeschüttet.

Nein, zurück nach England wollte ich dieses Mal nicht. Aber für den Winter nach Deutschland? Vor Belgien segelten »Enterprise« und Fleming und ich ganz mühelos dahin, halben Winds mit gut sechs Knoten über eine ruhige See. Wie kalt war das hier! Es war doch erst Anfang August und ich musste bereits Pullover und lange Hosen und sogar eine Jacke anhaben – und spielte sogar mit dem abenteuerlichen Gedanken, Socken anzuziehen! Das hatte ich ja nun schon seit Jahren nicht mehr getan, jedenfalls tagsüber – dass ich sie seit Cherbourg nachts tragen musste, konnte ich ja noch so gerade eben akzeptieren. Aber nun auch tagsüber? Das ging doch wirklich zu weit. Aber, sei's drum. Nur weiter, solange der Wind gefügig war! *Never waste a fair wind*, das wussten ja schon die alten Engländer. Nach einer Bauernnacht, schlafend im Hafen von Breskens verbracht, verließ er mich jedoch: Tags darauf quälten wir uns bei Flaute gerade einmal bis in den nächsten Arm des Deltas, bis zur Seeschleuse von Roompotsluis. Binnenlands der Schleuse verbrachte ich eine weitere luxuriöse Nacht vor Anker in himmlisch ruhigem, stillem, dafür gar nicht so tiefem Wasser. Der Entschluss stand fest, als ich nach sorglos durchpennter Nacht bei Nebel und Flaute aufwachte: Statt mit launischen Schwachwinden über die Nordsee zu schleichen, könnte ich lieber durch die Binnengewässer der »Staande Mastroute« segeln und motoren. Dies ist, das ist einmalig in Europa, ein Wasserweg quer durch die Niederlande, den Yachten mit stehendem Mast befahren können: Alle Brücken werden für die passierenden Boote geöffnet – einschließlich der Autobahnen. Stellen Sie sich das einmal in Deutschland vor! Der Verkehr auf der Autobahn wird für etwa 20 Minuten gestoppt, damit eine Brücke hochgeklappt werden kann, um fünf Segelboote durchzulassen. Fantastisch, oder? Dieser Wasserweg führt übrigens auch mitten durch Amsterdam, dort allerdings öffnen die Brücken nur nachts. Dann werden die Boote in Konvois zu zehn oder zwanzig Stück durch die nur zum Teil schlafende Stadt gelotst.

In Amsterdam würde Anke wieder an Bord kommen. Wir hatten vor, von hier aus noch einige Tage gemütlich durch das Wattenmeer zu bummeln und dabei Pläne zu schmieden, bevor wir nach Hamburg kämen. Denn eine Reise kann man ja bekanntlich nur dann glücklich beenden, indem man die nächste plant.

Leben hingegen kann man nur sehr bedingt planen. Denn dass wir einige Jahre später auf dem historischen Segelklipper »Pippilotta« wohnen würden, mit zwei bezaubernden aber auch – wie alle – anstrengenden Kindern, hätten wir nicht gedacht – und auch so nicht geplant …

Unterwegs mit »Pippilotta«

Es war die Jungfernfahrt nach 101 Jahren. Natürlich nicht für unser Schiff, aber doch für uns und in gewissem Sinne für die »Pippilotta«, denn so hatte sie in all ihren 100 Jahren zuvor noch nicht geheißen. Gut, wir hatten sie schon vorher einige Mal bewegt, zur Probefahrt mit der neuen Maschine, zum Bunkern (das Vollfüllen der Tanks, in diesem Fall der Diesel- und Heizöl-Tanks, was gefühlt ein halbes Jahresein-kommen kostete) in den Hamburger Hafen und so weiter, aber dies war der erste richtige Wochenendtörn. Nur so, zum reinen Vergnügen, mit Freunden und anderen Kindern und unserem Bootsmann und eben fast allen, die so dazugehören. Der schönste Moment unterwegs ist ja immer der, wenn der Motor ausgeht – wenn man ihn freiwillig abschaltet, meine ich natürlich. Das passierte an diesem schönen sonnigen Früh-sommertag gleich vor der Hafeneinfahrt von Teufelsbrück. Das Ablegen und Auslaufen war unspektakulär verlaufen, wir hatten alle Leinen gelöst und auch nicht vergessen, das Land-stromkabel zu entfernen. Langsam war ich vorausgedampft. Richtung Steinböschung und Uferpromenade auf der anderen Seite der Hafeneinfahrt.

»Da vorne ist aber nicht mehr viel Platz«, hörte ich eine be-sorgte – männliche – Stimme neben mir. Einer unserer Mit-segler wurde nervös. Aber hier hatte ich die Situation im Griff. Sowie das Heck frei von dem schönen weißen Motorboot war, das am anderen Schlengel gegenüber von unserem Platz liegt, gab ich beherzt und kräftig Rückwärts. Das Heck schwang planmäßig nach Backbord aus, der lange Klüverbaum, der eben fast noch auf der Uferpromenade einen Fahrradfahrer von seinem Velo geschubst hätte, drehte gen Haufenausfahrt.

Behutsam diesmal gab ich Voraus, ließ stolz das Signalhorn ertönen und motorte so lässig auf die Elbe hinaus, als würde ich dieses Manöver jeden Tag fahren.

Eigentlich ist ja auch nicht wirklich viel dabei, aber für alle Zuschauer – an Land wie an Bord – ist es beeindruckend, weil der Hafen so winzig klein ist, dass wir wirklich nur bei Hochwasser, und dann auch nur so gerade eben, genug Platz zum Drehen haben. Vorn und achtern sind dann jeweils ein paar Meter Luft, aber nicht sehr viel mehr. Sehr spektakulär. Vor allem, wenn ich bei etwas mehr Wind in diesen Hafen einlaufen muss, bräuchte ich eigentlich vor dem Manöver erst einmal einen ordentlichen Beruhigungsschluck.

Draußen dann setzten wir Segel. Na ja, erst mal nur das Großsegel und später dann auch noch die Fock, aber selbst das war schon ein guter Anfang. Dieser Tag war überhaupt der ideale Tag für den Anfang. Sonnig, freundlich und nur wenig Wind. Zu zweit zogen wir, wie gesagt, das Großsegel hoch. Ich schätze, dass es in etwa die gleiche Fläche hat wie die Drei-Zimmer-Wohnung, in der ich einst, sehr lange ist es her, in einem anderen Leben sozusagen, mal gewohnt habe. Einmal hatten wir das Segel abgeschlagen, um es zum Segelmacher zu bringen, wo es überholt werden sollte. Ein kräftiger Mann alleine kann es nicht tragen, wir schleiften es zu zweit zum Auto, das unter der Last in die Hinterachse sackte bis fast keine Bodenfreiheit mehr zu sehen war. Und es ist ja nicht nur das schwere, sperrige Tuch; jetzt mussten wir auch noch die Gaffel mit in die Höhe wuchten, ein gut acht Meter langes, kräftiges und massives Rundholz. Einmal, im Hafen, habe ich das Großsegel auch alleine hochgezogen. Es ging. Aber danach musste ich mich, nach Luft schnappend, erst einmal auf das Deck legen und etwa eine Viertelstunde lang erholen. Das hat natürlich auch Vorteile: Das Fitness-Studio kann ich mir sparen.

Als das Segel oben war, kam der magische Moment. Ich richtete den Bug stromabwärts, das Segel wurde getrimmt und ich schaltete den Motor ab. Nur mit der Kraft des leichten Windes und dem Ebbstrom glitten wir die Elbe hinab Richtung Nordsee und offenes Meer. Langsam ging es voran und gemütlich, aber es ging und etwas anderes wollten wir nicht. Wunderbar! *Mit einem langsamen Schiff hat man mehr vom Segeln,* heißt es sinngemäß in einem alten holländischen Sprichwort. Wie wahr! Und wer segelt auch schon mit seinem kompletten Haus so gemütlich flussab – zumal wenn dieses »Haus« ansonsten in den Hamburger Elbvororten liegt. Villen segeln nun einmal nicht.

Dabei muss zur Ehre der guten alten »Pippilotta« hier gesagt werden, dass sie gar nicht langsam ist, sondern dass sie, im Gegenteil, erstaunlich gut segelt – was wir jedoch erst im Laufe der nächsten Törns herausfanden, weil wir uns nur allmählich steigerten, bis wir sie endlich auch einmal unter allen Segeln hatten. Immerhin wurde sie einst als robustes Frachtschiff gebaut und nicht als Rennyacht, aber gut segeln musste sie dennoch. Bei ihrem Stapellauf hatte sie noch keine Maschine und ihre Fracht musste sie trotzdem, bei Wind und Wetter sozusagen, am Bestimmungshafen abliefern. Aus diesem Grund segeln eigentlich alle historischen Arbeitsschiffe recht gut – sonst hätten sie einfach nicht ihre Aufgaben erfüllen und ihre Leute ernähren können.

Vor dem idyllischen Blankenese setzten wir dann auch noch die Fock. An diesem ersten gemütlichen Segeltag gelangten wir bis nach Glückstadt, wo uns am frühen Nachmittag der Ebbstrom verließ. Statt gegen die junge, kräftige Flut gegenan segeln zu wollen, legten wir also im Außenhafen von Glückstadt an.

Das hört sich so leicht an, wie es in diesem geräumigen Hafen auch tatsächlich war, und so kamen »Pippilotta« und ich mit nur leichten Schrammen davon – sie an der Farbe, ich an meinem Ego. Das war also nicht weiter tragisch, außerdem wurden wir bald darauf abgelenkt. Es war ein heißer Sommertag, wir Erwachsenen wollten kühle Getränke, die Kinder am liebsten lauwarmes Wasser im aufblasbaren Planschbecken an Deck. Um beides zu erzeugen, braucht man Strom – bei uns an Bord, nebenbei gesagt, auch zum Spülen der Toilette oder damit auch tatsächlich Wasser aus dem aufgedrehten Hahn sprudelt. In unserem Heimathafen Teufelsbrück hängen wir per Kabel am Landstrom, unterwegs soll der Generator dafür sorgen. Soll – die Formulierung nimmt die Pointe vorweg. Strom war also nicht, der Generator sprang zwar an und rumpelte laut vor sich hin, lieferte aber keine Energie an unsere Bordbatterien, sodass wiederum der Umformer auch gar nicht erst dazu kam, 220 Volt zu produzieren – oder wie auch immer.

»Früher beim Jollensegeln sind wir auch ohne Elektrizität ausgekommen«, sagte ich – und dann kam es auch so: Unsere stolze schwimmende Villa war plötzlich reduziert auf ein besseres Zelt, auf eine primitive Behelfsunterkunft ohne die (zweifelhaften) Segnungen der Zivilisation.

Übrigens: Als Mohandas Karamchand »Mahatma« Gandhi einmal gefragt wurde, was er von der westlichen Zivilisation hielte, soll er geantwortet haben: »*Das wäre ja auch einmal etwas ganz Nettes …*« (… wenn es sie denn geben würde. »*It would be nice*« heißt es in Englisch – wie immer sehr viel kürzer und treffender …)

So oder ähnlich sagten wir es uns an diesem Tag auf der »Pippilotta« also auch und bemühten den uralten Kalauer: »*Auf diesem Schiff gibt es eine Waschmaschine, einen Geschirrspüler, eine Dusche und eine Toilette – und alles im selben Eimer!*« Unsere Freunde an Bord nahmen es natürlich mit Humor und Gelassenheit und betrachteten es als Herausforderung. Frischwasser holten wir für den Rest des Tages in Flaschen von einem Wasserhahn an Land, für alles Übrige bemühten wir tatsächlich den eben erwähnten Eimer. Allerdings erinnerte mich diese Episode schmerzhaft daran, dass wir auch nach einem Jahr noch lange nicht mit den Umbau- und Renovierungsarbeiten an Bord durch waren. Es gab zwar Licht am Ende des Tunnels, aber wer weiß – es hätten auch die Scheinwerfer eines entgegenkommenden Expresszuges sein können.

Wie ein außer Kontrolle geratener Expresszug legte ich dann leider auch am nächsten Tag in Grünendeich an, einem winzigen Kaff auf der niedersächsischen Seite der Elbe mit einem schönen Anleger. Der einzige Schönheitsfehler ist, und das hatte ich so deutlich gar nicht begriffen, dass die Stege voll in der Strömung liegen, die hier hinter der Elbinsel Lühesand hindurchfaucht. Und, was die Sache noch eine Stufe interessanter macht, dass die Stege nicht ganz parallel zur Strömung liegen, sondern in einem kleinen Winkel, sodass man, wenn man wie ich mit der 70 Tonnen schweren »Pippilotta« vor den Stegen dreht, von der Strömung voll auf die Stege – und die dran festgemachten Boote – gedrückt wird. Zu spät bemerkte ich es: Mit atemberaubender Schnelligkeit drehte unser Heck auf ein schmuckes weißes Plastikmotorboot zu, geschätzter Wert so um die 100.000 Euro. Und hätten wir es getroffen, hätte unser schweres Stahlschiff dieses Boot wie einen Zwieback in der Kinderfaust zerbröselt. Nur: Es gab kein Zurück mehr und auch nur wenige Sekunden zum Überlegen. Einziger Ausweg: Flucht nach vorne! Vor dem Boot war der freie Platz, an den ich eigentlich ganz langsam und zivilisiert hatte heranfahren wollen, gegen die Strömung und ganz kontrolliert. Wie man es hier wieder einmal sieht, trennt oft nur eine Haaresbreite den Erfolg von der totalen Katastrophe. Um es kurz zu machen – diese Schilderung dauert eh schon sehr viel länger als die ganze Aktion in der Realität: Ich gab Vollgas voraus, um mit unserem Heck am Heck des vertäuten Bootes vorbeizukommen, was leider den Nachteil hatte, dass ich mit ziemlichem *Krawumms!* an den Steg fuhr. Doch wenn man nur noch die Wahl hat, entweder ein anderes Boot oder einen Steg zu rammen, entscheidet man sich schon im Sinne seiner Versicherung immer für Letzteres. Es krachte also, aber der Steg war stabil, die »Pippilotta« sowieso, und ich war noch einmal mit dem Schrecken und einem deutlichen Knick im Ego davongekommen, die arme »Pippilotta« mit einem weiteren Kratzer in der Farbe. So bekommen wir, mein Schiff und ich, unsere Blessuren vom Leben verpasst – vor allem beim »Learning by doing«, denn ein Schiff dieses Kalibers habe auch ich vorher noch nicht gefahren.

Belohnt wird man für all die Mühen dann doch immer mal wieder und immer dann, wenn man es am wenigsten vermutet. »Oldtimer kosten nur die Hälfte!«, sagte der Hafenmeister von Grünendeich, als er vor der alten »Pippilotta« stand und das Liegegeld für die Nacht kassieren wollte – und das, obwohl ich selbst doch gar nicht an Deck war. Allerdings ist es ein weiterer Vorteil historischer Schiffe, dass sie eben immer noch ein Stück älter als ihre geplagten Eigner aussehen. Aber wie wohl tat diese kleine Geste – als Belohnung für den hohen Einsatz, ein mehr als 100 Jahre altes Schiff am Leben und in Fahrt zu halten.

Aber irgendwer muss sich ja kümmern um diese »segelnden Monumente«, wie sie in den Niederlanden so schön genannt werden. *Wer, wenn nicht wir?* (Das ist von Rio Reiser. Weiter geht's in dem Song: *»Wann, wenn nicht jetzt? Wo, wenn nicht hier?«* – Eben!)

Ein Leben im »Hier und Jetzt« – dazu gehört auch, dass das reibungslose Ablegen am nächsten Morgen und vor allem das filmreif perfekte Einlaufen mitsamt Anlegemanöver in Teufelsbrück das Bewusstsein ausfüllen und die Schmach des vergangenen Tages verdrängen.

Es ist ein warmer, sonniger Frühsommertag um die Mittagszeit, als wir bei Hochwasser in den kleinen Hafen fahren und dort rückwärts an unserem Platz anlegen, so, als sei dies das Einfachste und Natürlichste von der Welt – was es natürlich, eigentlich, auch wirklich sein sollte. Die Uferpromenade ist voller Menschen, jeder ist an diesem schönen Tag draußen und am Wasser. Und wir genießen am Nachmittag das Bord- und Hafenleben, die Erwachsenen sitzen und liegen lässig an Deck in der Sonne, die Kinder spielen mit dem größten Vergnügen auf dem Steg und bei Niedrigwasser im Matsch und Schlick neben dem Steg. Und es wird mir (anderen auch?) wieder einmal bewusst, wie gut wir es doch haben, hier auf diesem Schiff und in diesem Hafen wohnen zu können.

Ein oder auch zwei Wochenenden später sind wir schon wieder unterwegs, diesmal mit anderer Besatzung – abgesehen von der »Stammcrew«, bestehend aus unserer kleinen Familie. Ole ist wie immer stolz auf sein Zuhause, wenn andere Kinder an Bord kommen; wenn wir dann jedoch erst mal länger als etwa eine Stunde unterwegs sind, verlieren sie das Interesse an der Seefahrt und gehen spielen, meist unter Deck. Aber auch dafür ist dieses große Schiff bestens geeignet, immerhin hat Ole immer sein komplettes Kinderzimmer samt Spielzeuginventar dabei. Und selbst Malin, für die wir auf dem Achterdeck neben dem Steuerrad einen kleinen Laufstall aufgebaut haben, klettert am liebsten frei an Deck herum und möchte auch mal steuern. Vielversprechende Anfänge sind das!

An diesem Wochenende ist etwas mehr Wind, wir segeln abermals mit bescheidener Segelfläche, zunächst also wieder einmal nur dem Großsegel, dann auch noch der Fock. Ist auch besser so mit unserer sehr gemischten und nicht wirklich vor Segelerfahrung strotzenden Crew, die noch dazu zum nicht unerheblichen Teil aus kleinen Kindern besteht.

Auf die Anweisung »Nimm doch mal die Fockschot etwas dichter!« kommt denn auch prompt die Frage: »Was ist das, die

Fockschot?« Da klappt einem Schiffer vor lauter Verblüffung doch glatt der Unterkiefer runter. Dennoch segeln wir auch an diesem Tag ein gutes Stück elbabwärts, wenden dann und segeln ein kürzeres Stück gegen Wind und Tide wieder zurück. Und auch das geht besser als erwartet. Gut zu wissen, gerade bei den aktuellen Dieselpreisen, dass wir also auch nur unter Segel sehr weit kommen könnten.

Allmählich regt sich in mir wieder die Abenteuerlust. Sollten wir nicht doch mit diesem Schiff auf eine lange Reise gehen? Einen Monat, einen Sommer, ein Jahr lang? In Nordeuropa liegen viele reizvolle Ziele in unserer Reichweite …

Erst einmal verharren wir in unserem geregelten Leben, fahren am nächsten Tag bei grauem norddeutschen Nieselwetter brav in unseren Heimathafen zurück. Der wenige Wind und der Nieselregen kommen von vorne, die meisten Leute an Bord ziehen sich schon bald unter Deck zurück. Also tuckern wir mit gemütlichem 1000 Umdrehungen schnurrendem Motor gen Hamburg, zusätzlich angeschoben von der mit uns den Strom hinauflaufenden Flutwelle. Noch ist das Wasser jedoch flach, zwei oder drei Mal setzen wir denn auch am Rande der Elbe auf. Was natürlich bei mit der Flut steigendem Wasser überhaupt kein Problem ist: Nur kurze Zeit später schwimmt das Schiff ja von alleine wieder auf. Allerdings sind wir zu früh; erreichen schon bei halber Tide den Hafen von Teufelsbrück. Noch fast drei Stunden bis Hochwasser, noch können wir nicht einlaufen. Das ist frühestens – und auch dann nur mit Zuversicht – ab zwei Stunden vorher möglich. Also tuckern wir noch ein kleines Stück weiter Richtung Hamburger Hafen, bis Övelgönne, und gönnen uns und unseren Freunden an Bord noch eine kleine viertel »Hafenrundfahrt« quasi als kostenlosen Bonus obendrauf zum Abschluss des Wochenendes. Tatsächlich ist es immer wieder wunderschön, in den Hamburger Hafen einzulaufen – nach und nach entfaltet sich das Panorama der Stadt, das, von der Elbe ausgesehen, einfach toll wirkt.

Zum Abend hin hat sich der Nieselregen zu einem typisch Hamburger Dauerregen entwickelt, aber wir liegen dann schon fest an unserem Platz in Teufelsbrück. Gemütlich ist es, unter den großen transparenten Luken in der Küche zu sitzen und zu essen, während oben der Regen aufs Deck pladdert – jedenfalls dann, wenn man, wie wir, nicht mehr hinaus muss. Anders sieht es leider für unsere Freunde aus, die spät mit Sack und Pack und zwei schlafenden Kindern das Schiff verlassen. Oles gleichaltrige Freundin Ida würde, zumindest an diesem Abend, lieber gleich hier an Bord bleiben und für immer, wie sie sagt, einziehen. Und es ist schon fast eine abgemachte Sache, dass wir bald mal mit diesem Schiff nach Helgoland segeln …

Aber wie das so ist mit den Plänen – nicht alle lassen sich umsetzen, viele halten dem Kontakt mit der Wirklichkeit einfach nicht stand. Also warten wir es ab, ob und wann sich eine Gelegenheit dazu ergibt. Denn wirklich seetüchtig ist »Pippilotta« ja nur in begrenztem Maße.

Die Wanne ist voll

Sollten Sie uns einmal zu sich nach Hause einladen und dort über ein Vollbad, also eine Badewanne, verfügen, wundern Sie sich bitte nicht, wenn meine Familie zuerst für ein paar Stunden im Badezimmer verschwindet. Die Kinder baden doch so gerne – und das einzige, was wir auf »Pippilotta« (noch) nicht haben, ist eine Badewanne. Auf unserem vorigen Schiff hatten wir eine Wanne, entdeckten aber bald die Grenzen des schwimmenden Badespaßes. Denn sowie, bei voller Wanne, auch nur eine kleine Welle das Schiff im Hafen sanft schaukeln ließ – ach was, schaukeln; sowie es nur leicht gewiegt wurde –, schwappte das Wasser mit Macht aus der Wanne. Es schaukelte sich bedrohlich auf, sammelte sozusagen Kraft, und klatschte dann lustvoll über den Rand der Wanne hinweg auf den Boden und damit in die Bilge des Schiffes. Nicht ideal.

Dennoch würden wir uns auch auf der »Pippilotta« wieder eine Wanne einbauen, eine etwas tiefere vielleicht, wenn wir denn endlich einmal dazu kämen. Das hingegen kann noch dauern; wir haben ja noch so viel anderes vor. Und bis dahin leben wir eben ohne Wanne, jedenfalls ohne eigene Wanne.

Das ist wie damals, als ich noch frische, knackige 18 Jahre alt und Matrose auf einem segelnden Dreimastschoner in der Karibik war. Auch dies war ein ehemaliger Frachtensegler, jedoch etwa dreimal so groß wie »Pippilotta« und umgebaut zum relativ luxuriösen Charterschiff für insgesamt zwei Dutzend recht viel zahlende Gäste. Die Gästekabinen verfügten natürlich alle über ein eigenes Badezimmer, aber hatten auch alle nur Duschen, wir von der Crew mussten uns sogar eine einzige Dusche teilen. Von einer Badewanne konnten wir damals nur träumen – so, wie Reinhard, unser Segelmacher an Bord. Er lebte damals schon seit zwei oder drei Jahren gemeinsam mit seiner Freundin an Bord, die hier als Stewardess arbeitete. Als wir in unserem »Heimathafen« Fort-de-France auf Martinique einmal beim Konsul oder Gouverneur oder König oder was auch immer für einem hohen Tier zum Abendessen eingeladen waren – so etwas passierte damals in der Karibik noch, aber es ist ja auch schon verdammt lange her –, verschwand er für zwei Stunden im wirklich sehr luxuriösen Badezimmer des Inselhäuptlings. Erst danach erklärte er unserem verdutzten Gastgeber, dass er seit drei Jahren keine Badewanne mehr gesehen, geschweige denn benutzt hätte und es sich einfach nicht verkneifen konnte, hier ein köstliches Bad zu nehmen. Zweifellos mit allen möglichen Badeölen und Essenzen, an denen er sich ganz offenbar großherzig bedient hatte, denn er duftete nach diesem Ritual doch recht exotisch.

Damals musste ich über ihn grinsen, auch weil wir danach niemals wieder beim Konsul zum Essen waren. Mir reichte es, an Bord zu duschen, ansonsten hatte ich mit meinen 18 Jahren andere Interessen. Aber viele Jahre später erinnerte ich mich an diese kleine Episode – als nämlich Anke und ich mit unserer »Enterprise« unterwegs waren, entlang der englischen Ostküste und in London. Dort waren wir bei zwei Freundinnen zu Besuch, die hier in einer winzigen Wohnung lebten, wie das in London – zumindest bei normal verdienenden Menschen – eben so ist. Denn auch dort enterten wir zuerst das Badezimmer, ließen die Wanne volllaufen und tauchten ein, während die beiden ein leckeres Essen kochten und uns ab und zu ein Glas Wein hereinreichten. Das sind echte Freunde!

Aber wie auch immer … Von der Badewanne einmal abgesehen, haben wir auf »Pippilotta« alles, was andere Leute in unserer Nachbarschaft in ihren Häusern wohl auch so haben: Bibliothek, Weinkeller, Billardzimmer, Rosengarten, einen Turm im Ostflügel … Na ja, nicht ganz – aber immerhin rund 100 Quadratmeter Wohnfläche, was für ein voll fahr- und segeltüchtiges Schiff nicht schlecht ist, sofern es nicht die »Gorch Fock« oder ein ähnliches Kaliber ist, die nur mithilfe von 180 Kadetten bewegt werden kann.

Begeben wir uns doch einmal auf eine, sozusagen, virtuelle Schiffsbegehung der »Pippilotta«! Länge über Deck: 25 Meter. Breite: fünf Meter. Fangen wir achtern – für Landratten: hinten – an: Das ist ja der vornehme Teil des Schiffes, hier wird kommandiert, vorne wird gearbeitet. Das Achterdeck ist im Hafen oder vor Anker eine wunderbare Terrasse für uns; sonst wird hier gesteuert an dem großen hölzernen Steuerrad, das – noch – ein gutes Stück höher als Ole ist.

Wenn der Blick von hier aus über das Deck 25 Meter weit nach vorne schweift bis zum Bug und dem noch einmal gute fünf Meter weiter ragenden Klüverbaum, an den zwei gewaltigen Masten und Spieren und Segeln vorbei, dann weiß man schon, dass man hier ein großes, schweres Schiff steuert und wird ein wenig ehrfürchtig und weiß: Wer hier das Ruder in der Hand hat, sollte schon ziemlich gut wissen, was er oder sie tut.

Ole und Malin sitzen gerne auf dem großen Steuerkasten, an dem das Rad befestigt ist, denn hier haben sie einen wunderbaren Überblick über das Geschehen und können auch jederzeit ans Steuer greifen. Zum Beispiel dann, wenn Mama oder Papa ihrer Meinung nach mal wieder in die falsche Richtung fahren …

Unter dem Achterdeck befindet sich eine kleine Schlafhöhle. Dies ist eine tolle kleine Kabine mit einem unglaublich gemütlichen, kuscheligen Doppelbett – nur stehen kann man dort nicht. Soll man ja auch nicht, sondern sich ins Bett legen. Hier schlief früher der Kapitän, als dies noch ein Charterschiff war, mit dem zahlende Gäste durch das Wattenmeer gekurvt wurden. Und direkt davor ist der »Decksalon«, unser

»oberes Wohnzimmer«, voll mit Büchern, Gerümpel, einem gemütlichen Sofa und einigem anderen. Auch dies war einst der Raum des Kapitäns, in dem die Chartergäste nichts zu suchen hatten – und es ist der eigentlich schönste Raum an Bord, auch weil man durch relativ große Fenster hinaussehen kann. Diese Zeilen zum Beispiel schreibe ich an einem kleinen Klapptisch, der auch zum Navigieren dient, der sich direkt neben der Tür befindet, durch die man hinaus aufs Achterdeck gelangt. Es ist der für mich vielleicht schönste Platz zum Schreiben überhaupt.

Nach vorne gelangt man von hier aus zunächst in eine Art Flur. Rechts, also an Steuerbord, ist eine große Werkbank mit viel Stauraum, wo wir Werkzeug und allerhand Gerümpel aufbewahren – je mehr Stauraum man hat, desto mehr sammelt sich ja auch an, das ist nun einmal ein Naturgesetz, das auch für Häuser gilt. Von dort geht es auch in den Maschinenraum, in dem man jedoch nur auf allen vieren kriechen kann, weil er sich unter dem Boden des oberen Salons befindet. Sind größere Reparaturen an der Maschine fällig, was wir ja zur Genüge kennen, kann man den Boden aufmachen und kommt auch von oben an die Maschine, den Generator, die Batterien, Umformer, Ladegeräte, Tanks, Pumpen und was nicht noch alles sehr gut heran.

An Backbord, quasi gegenüber der Werkstatt, ist unser Hauswirtschaftsraum – so würde diese Kammer jedenfalls an Land heißen. Waschmaschine, Trockner und die Zentralheizung haben hier ihren Platz, dazu ein Waschbecken und ein paar Dinge wie Bügelbrett und ähnliches. Von hier aus betritt man durch eine schöne alte Holztür den zentralen Wohnbereich des Schiffes, unsere gemütliche Wohnküche. Auch hier gibt es eigentlich alles, was man so braucht, inklusive Vierflammenherd (Gas) mit elektrischem Backofen, reichlich Arbeitsfläche und Stauraum und einem Geschirrspüler. Es gibt einen großen

Esstisch, an dem man mit sechs Personen noch bequem, entsprechend gedrängt auch mit mehr Leuten tafeln kann, und ein Lümmelsofa sowie – gegenüber davon – eine Spiel- und Müllecke für die Kinder (und Erwachsenen). Licht und Luft kommen hier von oben – zwei große Luken dienen als Oberlichter, im Sommer kann man diese aufklappen, sodass wir dann besonders stolz sind auf unsere einzigartige Cabrio-Küche. Sonst schweift der Blick von hier aus in die Masten, das Rigg, die Wolken, den Himmel, das Wetter …

Von hier aus weiter nach vorne gelangt man wiederum durch eine schöne alte Holztür in einen kleinen Flur; hier geht es auch noch einmal eine steile Treppe hoch und durch ein Schiebeluk nach draußen. Dann befinden sich hier vier Kabinen. Eine davon haben wir zum begehbaren Kleiderschrank umgebaut, eine dient als »Baby-Wickelzimmer« (jedenfalls solange Malin noch so klein ist), hier gibt es zwei Kojen als Etagenbetten übereinander, wo bei Bedarf auch Gäste schlafen können. Davor liegt, an Backbord, Oles Zimmer, klein, aber gemütlich mit ebenfalls zwei Etagenkojen übereinander, und gegenüber an Steuerbord das Elternschlafzimmer, welches in der Praxis fast immer zum Familienschlafzimmer wird, obwohl die Doppelkoje dort mit 1,40 Meter Breite doch eher schmal ausfällt. Das werden wir noch umbauen, das ist fest vorgenommen, aber die Frage ist: Wann? Vielleicht erleben wir es noch …

Ganz vorne ist ein geräumiges Badezimmer mit einer Dusche, auch hier wollen wir, wie gesagt, irgendwann einmal eine Badewanne einbauen, der Platz wäre da. Unter dem Badezimmer und der Doppelkoje sind Tanks – für Frischwasser (2000 Liter) und Schmutzwasser. Noch weiter vorne, aber nur vom Deck aus zugänglich, ist das Kabelgatt – für alle Landbewohner: eine Art Gartenschuppen. Davor kommen dann noch der Anker und dann das Wasser.

Was wir an Bord nicht haben, ist Fernsehen. Flaschenpost

und Wolkenkino – hier im Hafen gibt es so viel zu sehen und zu tun, da brauchen wir solche schnöden wie blöden Ablenkungen nicht. Abends stehen meine Kinder und ich vor dem Schlafengehen oft einfach minutenlang im offenen Niedergang und schauen auf die Elbe hinaus, auf das, was sich dort auf dem großen Strom so gerade tut. Das, zum Beispiel, würde uns nie langweilig werden. Oder wir schauen morgens nach dem Wetter, der Tide, dem Wasser. Oder unternehmen bei Niedrigwasser und schönem Wetter eine kleine »Wattwanderung« vor der Hafeneinfahrt. Oder gehen mit unserem Beiboot rudern; beliebt ist die Strecke einmal zum Anleger draußen auf der Elbe und wieder zurück. Wenn beide Kinder dann – endlich – im Bett sind und womöglich auch noch schlafen, gibt es sowieso immer noch endlos viel zu tun: Bücher schreiben, Wäsche wegpacken oder waschen, aufräumen, Küche säubern, den Wassertank voll füllen, das Beiboot leer pützen, wenn es mal wieder geregnet hat, irgendwelche Reparaturen an den Schiffen oder Fahrrädern versuchen – oder einfach nur auf dem Sofa sitzen, vollkommen erschöpft, und mit glasigem Blick ins Leere starren. Bis man durch ein Glas Wein oder ähnliches temporär wieder zum Halb-Leben erweckt wird. Sollte man doch, aus welchem unerfindlichen Grund auch immer, noch sehr viel Energie zu verbrauchen haben, kann man auch noch eine Seite in einem spannenden Buch lesen. Im Ernst, ich kann es einfach nicht verstehen, wozu Familien mit Kindern so etwas Dämliches und Dümmliches wie einen Fernseher brauchen. Wir langweilen uns jedenfalls keine Sekunde. Wenn mir partout gar nichts anderes mehr einfällt, hole ich die Seekarten und Handbücher hervor und plane eine Reise, die wir dann, zumindest in dieser Form, vermutlich doch nie mit unserer »Pippilotta« unternehmen werden. Aber selbst ich darf ja noch ab und zu mal träumen …

Der wilde Mann von Ouessant

Inseln haben ihren ganz eigenen Reiz, für uns Seefahrer allemal. Schließlich liegen sie nur deshalb in den Ozeanen dieser Welt herum, damit wir reizvolle Ziele haben, die wir mit unseren Schiffen ansteuern können – oder müssen. Denn Inseln üben eine magische Anziehungskraft aus; weil sie nun einmal da sind, muss man auch hinsegeln. Das gilt ganz besonders für so exponierte und faszinierende Eilande, wie die Ile d'Ouessant vor der westlichsten Spitze der Bretagne es zweifellos ist. Anke und ich segelten dorthin, als wir noch alleine zu zweit mit dem Segelboot »Enterprise« unterwegs waren.

Felsig, monolithisch und grau stieg die Insel vor dem Bug aus der langen, trägen, kraftvoll atmenden Atlantikdünung heraus, je näher die Brise unsere »Enterprise« an diesen Außenposten Europas herantrug. Ouessant – wörtlich: die Westliche – liegt auf fünf Grad und fünf Minuten West und die Franzosen behaupten gerne, dies sei der westlichste Zipfel Europas, was allerdings eine offensichtliche Marketinglüge ist: Land's End liegt auf fast sechs Grad westlicher Länge. Und selbst wenn man als besonders frankophiler Mensch England nicht zum kontinentalen Europa zählt (von den Isles of Scilly oder gar Irland ganz zu schweigen), gibt es da noch das Kap Finisterre. Die nordwestlichste Ecke Spaniens ragt deutlich über den neunten Längengrad West hinaus. Doch wie auch immer … Wer vom *Pointe de Pern* genau nach Westen fährt, wird erst rund 3000 Seemeilen später wieder auf festes Land treffen. In der geschützten *Baie du Stiff* an der Ostküste der Insel legen die Fährboote vom Festland an, doch das Dorf Lampaul und die eigentliche Ankerbucht von Ouessant liegen ausgerechnet an der zum Atlantik hin vollkommen offenen Westseite.

Klopfenden Herzens segelten wir die *Passage du Fromveur* an der Südküste der Insel entlang nach Westen. Die Dünung war trotz der handigen Brise mächtig, der Gezeitenstrom rauschte kraftvoll gischtend durch die bizarren scharfzackigen Felsen. Etliche Schiffe fanden in diesen Gewässern ein vorzeitiges Ende. Stellvertretend für viele ist der Untergang des Dampfers »Drummond Castle«, der am 16. Juni 1896 auf den »Grünen Felsen« zerbarst.

Das Dorf Lampaul sah fast so aus wie ein typischer leicht heruntergekommener Ort in Frankreich auf dem Lande – wären da nicht das Tuten des Nebelhorns und nachts der am Himmel wandernde Lichtfinger des Leuchtturms Creac'h, des mit einer Tragweite von 33 Seemeilen stärksten Europas übrigens. Nur wenige Seemeilen vor der Küste verläuft die meistbefahrene Schifffahrtsstraße der Welt, frequentiert von rund 80 000 Schiffen jährlich, das macht knapp 220 pro Tag oder 9,13 pro Stunde oder alle 6,57 Minuten eines. Jeder Dampfer, der aus dem Atlantik durch den Englischen Kanal nach Europa kommt oder es auf diesem Wege wieder verlässt, schippert dicht an Ouessant vorbei.

Die Menschen auf Ouessant waren, wie überall in der Bretagne, freundlich und interessiert – keine Spur der angeblich so sturen und introvertierten Bretonen. Aber das liegt vielleicht auch an dieser eher kargen Insel im Atlantik, wo man zwangsweise über den Horizont hinausschauen muss, um Perspektiven zu bekommen – und daher auch Fremden gegenüber aufgeschlossen bleibt. Wie zum Beispiel Yvan, der, so besoffen er nachts auch war, unsere prekäre Lage sofort begriff. Ein plötzlich aufgekommener starker und ausgerechnet auf Südwest gedrehter Wind hatte uns nach einem ausgiebigen Essen und vergnüglichen Abend an Land den Heimweg zu unserem wild in der jetzt ungeschützten Ankerbucht rollenden Schiff abgeschnitten. Es war furchtbar, um ein Haar hätten wir unser

Schiff, unsere Welt, verloren! Die Wolken fegten im fahlen Mondlicht tief und schnell über unsere Köpfe hinweg, während wir fassungslos in das Chaos der aufgewühlten Bucht starrten. Riesige Wellenberge kamen in endloser Reihenfolge vom offenen Atlantik hereingerollt und knallten weiß gischtend auf die Felsen und auf den steinernen Anleger, wo unser kleines Gummiboot, schon längst voller Wasser, immer wieder mit Wucht gegen die Pier geworfen wurde. Immerhin konnten wir es retten und durch die Brandung hindurch an Land ziehen, doch an Bord zu gelangen, war aussichtslos. Von dieser Übung bis auf die Haut durchnässt, versuchten wir nach Mitternacht verzweifelt, eines der wenigen Hotelzimmer in Lampaul zu bekommen. Doch vergebens, alles ausgebucht – sagte man uns jedenfalls in jedem der gerade mal drei Hotels, mürrisch ob der späten Stunde und nach einem vielsagenden Blick auf unsere triefende Kleidung. Da erblickte uns auf der Dorfstraße ein offenbar sehr betrunkener Riese – und nahm sich unser an. Zuerst war es uns unangenehm, wir wollten den lallenden und leicht schwankenden Hünen nur irgendwie loswerden, möglichst ohne seinen Zorn zu wecken. In dieser Hinsicht hätten wir uns jedoch keine Gedanken machen müssen, einen sanfteren und friedlicheren Menschen gibt es wohl nur selten. Das wussten wir in jener stürmischen und kalten Nacht zwar noch nicht, dafür wussten wir schon, dass wir in unseren immer noch nassen Klamotten und ohne Aussicht auf eine andere Bleibe doch besser daran täten, unsere kleinlichen Bedenken zu verdrängen und mit ihm zu gehen. Denn alle unsere Einwände lallend beiseite wischend lud uns der breitschultrige, rothaarige Inselkelte doch tatsächlich mit in sein Haus ein. Es war nur einige hundert Meter entfernt, aber gehen konnte unser Gastgeber beim besten Willen nicht mehr. *Vielleicht*, dachte ich boshaft und durchaus unfair, *hatte er uns auch nur deshalb eingeladen – um sich von uns in seinem unbeschreib-*

lich klapprigen Auto nach Hause fahren zu lassen. Ich starrte auf das Wrack eines Wagens, der vor allem mit Bindfäden und Drähten zusammengehalten wurde, und ich wunderte mich, dass er relativ prompt ansprang. Licht gab es keines, aber nennenswerten Verkehr zu dieser Stunde im Zentrum von Lampaul auch nicht. Irgendwie schaffte er es, mir den Weg anzusagen, während er auf dem Beifahrersitz hing und dabei die Tür festhielt, als würde sie sonst jeden Moment aus den verrosteten Angeln fallen. Bremsen gab es übrigens auch keine, gerade noch rechtzeitig erklärte er mir durch eine kleine Demonstration, ich solle zur Geschwindigkeitsreduzierung doch besser, sozusagen als flankierende Maßnahme, auch noch die Handbremse ziehen. So ging alles gut, weil ich – seine aufmunternden Anfeuerungen nach mehr Tempo ignorierend – maximal im Schritttempo über die Insel schlich, bis wir eine steile Einfahrt hinaufkrochen und vor einem romantischen Feldsteinhaus anhielten.

Mittlerweile war es doch sehr spät geworden, Anke und ich klapperten vor Kälte und dankbar ließen wir uns in ein rümpeliges Zimmer im ersten Stock führen, wo eine Matratze auf dem Boden lag. Bettzeug oder gar Decken gab es leider keine und so schmiegten wir uns dicht aneinander in dem Versuch, uns einigermaßen zu wärmen und dabei einzuschlafen. Beunruhigende Parallelen zu dem perversen »Gastgeber« Frank N. Furter aus der »Rocky Horror Show« verdrängten wir erfolgreich, obwohl in den frühen Morgenstunden eine lärmende Party mit einer undefinierbaren Anzahl an Gästen im Wohnzimmer des alten und urgemütlichen Steinhauses stattfand – wir blieben jedoch von alledem unbehelligt.

Erstaunlich früh und erstaunlich frisch und erstaunlich gutgelaunt weckte uns Yvan – dass er so hieß, fanden wir kurz darauf heraus – am nächsten Morgen, indem er schwungvoll unsere Tür aufriss und plötzlich, nur mit einem knappen Bademantel bekleidet, im Zimmer stand. Viel Schlaf konnte er nicht bekommen haben und Alkohol musste noch reichlich in seinem Blutkreislauf unterwegs sein, aber er wirkte, als habe er keinen Tropfen angerührt und stattdessen zehn Stunden lang wie ein Baby geschlafen. Ohne den eigens für uns aufgesetzten Kaffee anzurühren, verschwand er für eine Weile, um, wie sich dann herausstellte, von seinem kleinen Bruder ein frisches Baguette zu holen. Er selbst glaubte offenbar nicht an die Notwendigkeit fester Nahrung, was uns auch ein Blick in seinen bis auf zwei alte Bierdosen leeren Kühlschrank bestätigte.

Yvan ist Seemann, seit elf Jahren fährt er auf der Fähre zwischen St. Malo und Portsmouth, davor war er elf Jahre lang auf weltweiter Fahrt unterwegs. Sieben Tage arbeitet er, anschließend hat er sieben Tage frei und bleibt dann fast immer auf seiner Insel. Hier im Ort wohnen seine Mutter und zwei Brüder. Der jüngere ist Bäcker, der ältere, eigentlich ebenfalls Seemann, arbeitet jetzt als Fluglotse im Kontrollturm des kleinen Inselflugplatzes – bei dem überschaubaren Verkehrsaufkommen von nur wenigen Propellermaschinen wöchentlich ist er dabei allerdings längst nicht so herzinfarktgefährdet wie seine Kollegen beispielsweise in *Charles de Gaulle* oder *Orly*.

Ein fröhlicher Arbeitskollege von den »Brittany Ferries« schaute herein und während wir uns mit Kaffee und Baguette begnügten, schenkten sich die beiden großzügige Wassergläser voll gelbtrüben Anisschnaps ein – nicht, ohne auch uns zuvor Whisky, Wein oder ebenfalls Pastis angeboten zu haben. Über dieses hochprozentige Frühstück kamen wir schnell ins Gespräch. Yvan liebte seine Insel, wie er uns versicherte, mehr brauche er nicht. Leider sei es immer schwerer, Arbeit zu finden. »Früher gab es viele Seeleute aus Ouessant, jetzt sind es kaum noch welche – überall werden Asiaten angeheuert. Und auf der Insel selbst ist es fast unmöglich, etwas zu finden, darum gibt es hier besonders viele alte Leute.«

An diesem Vormittag stand eine Inselerkundung auf dem Programm. Zuvor wollten wir nach unserem Boot in der Baie de Lampaul schauen. Ein Blick aus dem Küchenfenster auf die ganz scheinheilig gelassen und idyllisch blau in der Sonne glitzernde See beruhigte uns – der Wind hatte nachgelassen und unser schwimmendes Zuhause war somit wieder erreichbar. Unsere treue »Enterprise« lag – Gott sei Dank – immer noch an der riesigen Mooringtonne, an der wir sie erst am Tage zuvor festgemacht hatten. Hätte sie sich in der Sturmnacht losgerissen, wäre sie an Land getrieben und auf den Felsen in kürzester Zeit zertrümmert worden. Ich musste zum Schiff und nachsehen, ob auch wirklich alles in Ordnung war.

Mit seinem ungewöhnlichen – einige würden vielleicht auch ganz hässlich sagen: schrottreifen – Auto fuhr Yvan uns, diesmal selbst am Steuer sitzend, zum Anleger. Auf dem Festland würde dieses Vehikel schon nach drei Metern vom erstbesten Flic stillgelegt werden, doch hier auf der Insel sahen wir noch mehr solcher *Voitures*, deren Besitzer sich offenbar weder um das französische Pendant des TÜV noch um irgendein Haltbarkeitsdatum ihrer ebenso sympathischen wie gebeutelten Transportmittel scherten. Dabei träumte Yvan von einem Porsche, aber was sollte er damit schon auf seiner Insel, deren komplettes Straßennetz er mit seinem bemerkenswerten, weil trotz allem immer noch fahrenden Renault-Wrack in knappen zehn Minuten mühelos bezwingen konnte.

Klopfenden Herzens trugen wir unser gerettetes Gummiboot ins Wasser und paddelten zur »Enterprise« hinaus. Es war ein friedlicher Morgen, freundlich und sonnig und warm, als sei in der Nacht zuvor nichts passiert. Und »Enterprise« lag ja auch noch an der riesigen Mooringtonne. Aber zwei von den drei Festmachern waren, wie ich schaudernd bemerkte, durchgescheuert und baumelten, als lose Enden unbrauchbar geworden, hinab ins Leere. Meiner Intuition folgend, hatte ich das

Schiff am Abend vorher nicht nur mit einer, nicht nur mit zwei, sondern eben mit drei Festmachern an der Tonne befestigt. Dabei war ich mir selbst etwas übervorsichtig vorgekommen, jetzt musste ich – aus Erleichterung – hysterisch kichern. Fast hätte ich mein Schiff verloren, war nur mit unverschämt viel Glück noch mal davon gekommen. Die wahren Gefahren, das zeigte sich hier wieder einmal, lauern eben nicht auf See.

Dafür warten an Land eben auch immer wieder kleine Wunder. Wir verbrachten einen wunderbaren Tag mit Yvan, er zeigte uns seine Insel, wo wir insgesamt noch zwei, drei Tage länger blieben. Gut kann ich mich erinnern – nach all den Jahren – vor allem an die Dusche an der Rückseite des Rathauses, von wo aus man einen freien Blick auf den Atlantik genießen konnte, wenn man beim Duschen die Tür offen ließ. Und natürlich an den schwarzweiß geringelten Leuchtturm. Und an Yvan. Am Ende hatte er mich beiseite genommen und gesagt: »Jetzt hast du ein Haus auf Ouessant. Ihr seid jederzeit willkommen hier. Und wenn ich nicht da bin, dann liegt der Schlüssel hier vorne unter der Fußmatte!«

Ich bekomme doch tatsächlich eine leichte Gänsehaut beim Gedanken an diesen Moment. Vielleicht komme ich, kommen wir irgendwann ja wirklich einmal wieder, Yvan.

Das »Neue Werk«

Inseln sind Faszination. Jede für sich und jede auf ihre ureigene Art. Keine Insel gleicht der anderen, jede hat ihren unverwechselbaren Charakter, der jedoch nur dann zu entdecken ist, wenn man sich dafür Zeit nimmt. Selbst die Inseln der Deutschen Bucht direkt vor unserer Haustür haben ihre ganz eigenen Reize und Verlockungen. Sie liegen dicht beieinander und sind auf den ersten und nur flüchtigen, oberflächlichen Blick einander ähnlich. Sehr schnell jedoch bemerkt man, wie unterschiedlich sie tatsächlich sind. Ähnliches gilt für die Inseln der Karibik oder der Südsee, nur, dass diese – vor allem Letztere – nicht nur sehr viel weiter weg, sondern auch sehr viel weiter voneinander entfernt liegen.

Um die Inselfaszination zu erleben, ist es auch gar nicht nötig, um die halbe oder ganze Welt zu segeln. Ein kurzer Wochenendtörn in die Elbmündung reicht dazu vollkommen. Mit einem Schiff wie unserer »Pippilotta« kann man sich dann im Watt vor der Insel Neuwerk trocken fallen lassen – bei Hochwasser hinsegeln, bei Ebbe von Bord klettern und trockenen Fußes an Land spazieren.

Der Turm ist überall. Von jedem Winkel der kleinen Insel aus ist er zu sehen. Und wer hoch oben in ihm sitzt, erspäht sowieso alles. Als es noch einen Leuchtturmwärter gab, pflegte dieser die Segler, die pärchenweise von ihren Booten im winzigen Hafen aus an Land kamen, schon aus der Ferne in zwei Kategorien einzuteilen: Wenn der Mann redete, dann war das Paar (noch) nicht verheiratet. Sollte aber die Frau reden, dann waren sie bestimmt verheiratet!

Die Welt ist klein und absehbar auf diesem Außenposten Hamburgs weit draußen in der Elbmündung, gut 120 Kilometer weit entfernt vom Bezirksamt Hamburg-Mitte, das die Insel seit 1969 verwaltet. Den Leuchtturmwärter gibt es seit einigen Jahrzehnten nicht mehr, aber der Turm verrichtet noch immer seinen Dienst als Quermarkenfeuer, das in dieser Form seit dem 20. Dezember 1814 in Betrieb ist. Das Leuchtfeuer ist heute vollautomatisiert. Alle 20 Sekunden blinkt es in drei Sektoren weiß, rot und grün auf und ist immerhin bis zu 16 Seemeilen weit sichtbar. Der massive Backsteinturm, der auf 8 Grad und 30 Minuten östlicher Länge und 53 Grad, 55 Minuten nördlicher Breite auf dem südlichen Teil der Insel Neuwerk steht, wurde bereits im tiefsten Mittelalter errichtet und ist mit Abstand Hamburgs ältestes Bauwerk. Nach zehnjähriger Bauzeit wurde der 38 Meter hohe Wehrturm im Jahre 1310 eingeweiht. Ohne diesen Turm hätte das kleine, etwas mehr als drei Quadratkilometer messende Eiland niemals irgendeine Bedeutung erlangt und wäre wohl Sandbank geblieben; allenfalls interessant als Brut- oder Raststätte für Zugvögel und eine Gefahr für die Schifffahrt. Weil aber das Inselchen strategisch in der Mündung des Flusses lag, der schon damals die Lebensader der Hamburger Kaufmannschaft war, kam alles anders.

Schriftlich erwähnt wurde die Insel, von den maulfaulen Friesen einst kurz und knapp *O* genannt, erstmals 1286. *O* war, wie später auch *Oog*, schlicht eine Bezeichnung für »Insel«. Diese gehörte damals noch zum Land Hadeln, das von den Herzögen von Sachsen-Lauenburg regiert wurde. 1299 erteilten die Herzöge den Hamburgern und allen anderen Kaufleuten, deren Schiffe an den Küsten des Landes Hadeln entlangsegelten, gewisse Privilegien. Dazu gehörte auch die Erlaubnis, dass die Hamburger auf O ein Bauwerk zur Kennzeichnung und zum Schutz der Elbmündung errichten durften. Schon in den Jahren davor hatten die Hamburger quasi illegal eine Feuerbake auf O unterhalten, aber der jetzt zu bauende Turm sollte nicht nur Träger des Leuchtfeuers werden, sondern die Handelschifffahrt auch vor den Überfällen der Piraten in diesem Teil der Nordsee schützen. Das konnte Störtebecker jedoch nicht daran hindern, die Insel mitsamt der rund 20 hier stationierten Soldaten zu überfallen und zeitweilig zu seinem Hauptquartier auszubauen. 1434 wurde der legendäre Seeräuber dann jedoch auf der Insel gefangen genommen und in Hamburg geköpft.

Turbulente Zeiten waren das für das »Nige Werk«, wie O im Hamburger Sprachgebrauch schon länger hieß. Heute geht es hier wesentlich ruhiger zu. Invasionen gibt es im Sommer, je nach Stand der Tide, ein oder zwei Mal am Tag – wenn entweder das Hochwasser es erlaubt, dass die kleine Fähre »Flipper« von Cuxhaven aus Neuwerk ansteuern kann, oder wenn die Ebbe es erlaubt, dass die Tagesbesucher zu Fuß oder per Pferdewagen über das dann trocken gefallene Wattenmeer zur Insel kommen. Ansonsten gehört man hier ganz schnell dazu. Jeder Besucher, der länger bleibt als nur die paar Stunden um Hoch- oder Niedrigwasser herum, wird mit herzhaftem »Moin!« in die überschaubare Inselgemeinschaft aufgenommen. Deren Treffpunkt ist »Ottos Gartenlokal« zu Füßen des mächtigen Turms, eine inselspezifische Mischung aus Dorfplatz, Kneipe, Imbiss und Laden. Hier kann man, je nach Wetterlage, heißen Neuwerker Eiergrog und Regenzeug erstehen oder kaltes Flaschenbier und Sonnencreme. Souvenirs, Zeitschriften und einige Grundnahrungsmittel aus Dosen oder der Gefriertruhe gibt es hier ebenfalls, die neuesten Nachrichten von der Insel und die jüngsten Gerüchte aus aller Welt sowieso.

Einen Strand hat Neuwerk nicht – und wenn doch, dann ist das Wasser weg. Ausgelassene Badefreuden zählen also nicht unbedingt zu den Attraktionen der Insel. Wandern dagegen schon eher, bei Hochwasser in knapp einer Stunde immer auf dem Deich lang um Turm und Insel herum, bei Niedrigwasser im Watt und mit sachkundiger Führung sogar bis zum Nachbareiland Scharhörn.

Im Watt gibt es vieles zu entdecken: allerlei Kleingetier, seichte Priele, hart gerippten Sand und weichen Schlick. Dazwischen auch schon mal einen Krebs, der hier »Dwarslöper« genannt wird – »Querläufer«, weil er eben seitwärts wegläuft, wenn die Kinder ihn ärgern. Und wenn man sehr großes Glück hat, entdeckt man sogar ein Nugget: ein Klümpchen Bernstein, wie er im Watt rund um Neuwerk zuweilen noch vorkommt.

Diese versteinerten geschätzte 40 bis 50 Millionen Jahre alten Harzklunker faszinieren Sammler nicht nur auf Neuwerk – und nicht nur heute. Schon die alten Griechen und Römer schätzten Bernstein: Die Griechen nannten ihn *Elekton*, weil er sich durch Reibung elektrisch auflädt, die Römer *Clessit* (Glas).

Regelrechte Handelsstraßen zur Nord- und Ostsee entstanden, um an den Bernstein zu gelangen. Auch im Norden war der brennbare Stein hoch begehrt: An der Ostsee gab es ein Gesetz, das dem Sammler von Bernstein den Tod durch den Strick androhte, sollte dieser seinen Fund nicht seinem Fürsten abliefern.

Dieses Schicksal bleibt den Hobbysammlern heute erspart. Tragischer ist dagegen der »Friedhof der Namenlosen« beim Teich ebenfalls im Schatten des Turmes, auf dem die Seeleute beigesetzt wurden (und werden), die von der See auf den Sandbänken angetrieben werden. Besonders in den Zeiten vor zuverlässigen Seezeichen, Leuchtfeuern, Lotsen und Satellitennavigation war die Elbmündung mit ihren zahlreichen veränderlichen Sandbänken dicht beiderseits des Fahrwassers eines der gefährlichsten Seegebiete der Welt. Lange bevor irgendwo am Horizont das Festland auftaucht, lauern die Sände und Untiefen auf Schiffe, die vom Kurs abkommen. Noch jedes Schiff, das hier bei schwerem Wetter auflief, wurde in kürzester Zeit von den Brechern und Grundseen zerstört – bis weit in das 20. Jahrhundert hinein. Noch heute zeugen die traurigen

Reste etlicher Wracks auf den Untiefen vor Scharhörn und, gegenüber, dem großen Vogelsand von der Tücke dieser Flussansteuerung.

Jetzt wird der Schiffsverkehr hier sehr genau geregelt und überwacht. Dazu trägt auch der Radarturm auf Neuwerk bei, ein moderner Spargel vor dem Deich, der den Anfangspunkt der Radarkette bildet, die bis in den Hamburger Hafen hinein die gesamte Unterelbe entlang installiert ist.

Um ein Haar wurde der Hafen der Hansestadt übrigens nach Neuwerk verlagert. Anfang der 1970er Jahre entwickelten Architekten, Politiker und Hafenplaner das Konzept eines Tiefwasserhafens zwischen Cuxhaven und Neuwerk. Vom Festland bis nach Scharhörn sollten die riesigen Betonmolen reichen, hinter denen ein gigantisches Hafenareal künstlich aufgeschüttet worden wäre. Heute ist solch ein Konzept kaum noch denkbar, zumal Neuwerk und auch Scharhörn mitten im Naturschutzgebiet und im Nationalpark Wattenmeer liegen.

Genau das zieht die vielen Tagesbesucher und Urlauber an, die zum Teil auch mehrere Tage hier verbringen – auf der Flucht vor dem Stress und der Hektik der Großstadt auf dieser autofreien Insel mit der immer klaren Luft, unter einem unglaublich weiten Himmel voller Stimmungen und Naturgewalten. Tagsüber kann man in den Wolkengebilden träumen, nachts einen unglaublichen Sternenhimmel betrachten, ganz unbehelligt von der an Land üblichen Lichtverschmutzung. Sonne, Sturm und Regen lassen sich hier gleichermaßen genießen.

Die romantischste Unterkunft der Insel findet man übrigens – wo sonst? – im Turm. Innerhalb der meterdicken Mauern, die so viel Geschichte atmen, gibt es einige einfache, aber gemütliche Gästezimmer. Und man hat es nie weit bis zum Zentrum des Insellebens, zu »Ottos Gartenlokal«. Übrigens muss der Neuwerk-Reisende noch immer, ganz wie zu früheren

Zeiten, genug Bargeld für seinen Aufenthalt mit sich führen: Geldautomaten oder Bezahlungen per Kreditkarte sind hier unbekannt.

Navigation ist, wenn man trotzdem ankommt

Seit einigen Tagen schon suche ich auf der »Pippilotta« verzweifelt unseren Kompass – und finde ihn nicht. Irgendwer hat ihn aufgeräumt, weggeräumt, versteckt – ich weiß es nicht. Ein Schiff ohne Kompass, kann denn das überhaupt sein? Eigentlich nicht, hätte ich bis vor einigen Jahren auch gesagt. Dann wurde ich eines Besseren belehrt: Es kann doch sein! Man kann sogar ohne Kompass über den Atlantik segeln – im eisigen, stürmischen Frühjahrsmonat März, von Bermuda nach Jersey im Englischen Kanal. Wir wollen demnächst noch einmal nach Helgoland segeln, aber ohne Kompass? Wenn ich das verfluchte Ding doch nur finden würde!

Sie merken es schon: Unser Kompass ist nicht, wie auf anständigen Schiffen, auf einer soliden Säule fest verschraubt und angebracht, dieser antike und sehr schöne Kompass liegt normalerweise im oberen Salon höchst dekorativ herum. Auf dem Sofa oder im Bücherregal. Bei Bedarf wird er auf den Steuerkasten gelegt, wo er eine mordsmäßige Ablenkung erfährt durch das massive Getriebe der Steuerung direkt darunter. Aber das ist immer noch besser als anderswo an Deck, denn wir leben ja nun einmal auf einem Stahlschiff. Moderne Mätzchen wie einen elektrischen Kompass mit einem Geber irgendwo hoch oben in den Masten brauchen wir hier nicht – schließlich ist dieses Schiff ein Küstensegler.

Okay, aber der Atlantik? Ohne Kompass?

Das kam so: Eigentlich sollte ich, mit vielen anderen Gästen natürlich, den 80. Geburtstag meines Vaters feiern. Dann kam ein verhängnisvoller Anruf: Ob ich nicht ein Schiff mit überführen könne von den Bermudas auf der Nordatlantikroute nach Europa? Ich wollte – aber der Geburtstag? Vermutlich würde ich den verpassen. Schlechten Gewissens fragte ich meinen Vater.

Wie wunderbar er war, zeigt sich an seiner Antwort, die ohne Zögern oder Vorwurf kam: »Natürlich sollst du segeln gehen! Am liebsten würde ich doch mitkommen!« Er wollte, glaube ich, schon als Junge zur See fahren und durfte es nicht, wurde dann später Schiffbauingenieur und landete schließlich in London. Segeln tat er natürlich auch, es gibt fabelhafte Geschichten, wie er sich gleich nach dem Krieg ein altes ausgemustertes Rettungsboot sicherte und das dann eigenhändig zum Jollenkreuzer umbaute, um dann mit meiner Mutter auf der Elbe und Ostsee damit zu segeln. Aber das ist eine andere Geschichte …

Jedenfalls, manche Versuchung im Leben ist einfach unwiderstehlich – erst recht, wenn die Verpackung stimmt. Wie bei der »Windweaver of Pennington«, einer 26 Meter langen Stahlketsch, Baujahr 1999. *Moderne Eleganz einer klassischen Yacht kombiniert mit modernster Technik«*, verspricht der Prospekt, um gleich danach ins Detail zu gehen. Der Salon vollklimatisiert, ausgestattet mit Bibliothek, Videothek und Computerspielen sowie den zugehörigen Gerätschaften wie Fernseher, CD-, Video- und DVD-Player. Die Pantry mit allem, was das Herz begehrt, von der Mikrowelle bis zur Eiswürfelmaschine. Waschmaschine und Trockner sind genauso selbstverständlich wie der bereitgelegte Fön in den separaten Bädern der Gästekabinen. Damit nicht genug: In den Backskisten lagert Profi-Equipment zum Angeln, Schnorcheln, Tauchen, Wasserski Fahren und Windsurfen. Und natürlich ist das Schiff mit den allerneusten, teuersten und besten Navigations- und Kommunikationsgeräten ausgestattet. Auch die technischen Daten können sich sehen lassen: Die 76 Tonnen schwere Luxusyacht bringt es auf rund 400 Quadratmeter Segelfläche am Wind. Raumschots steht zusätzlich ein 285 Quadratmeter großer Gennaker zur Verfügung. Das Rigg ist ebenfalls vom Allerfeinsten: der Hauptmast aus Carbon, der Besanmast aus Aluminium. Elektrische Winschen und Rolleinrichtungen erleichtern den Segeltrimm. Sollte es einmal gar nicht oder aus der falschen Richtung blasen, sorgt ein 215 PS starker Perkins Turbodiesel für den nötigen Schub nach vorn. Die Versuchung hat allerdings auch ihren Preis. Wer die »Windweaver« chartern will, muss pro Woche sage und schreibe 25 000 US-Dollar auf den Tisch blättern.

Auf diesem Schiff soll ich segeln! Und auch noch Geld dafür bekommen! Ein fast schon anzügliches Angebot, das mir der Freund eines Freundes eines späten Abends da am Telefon unterbreitet. Mit der Beschreibung des Bootes will er mir den Mund wässrig machen. »Keine große Sache, das Ganze«, sagt er zum Schluss. »Das Schiff muss lediglich von den Bermudas zur Überholung nach England gebracht werden.«

Eine Atlantiküberquerung auf einer luxuriösen Yacht? Ich ziere mich nicht lange und frage, wann es losgehen soll.

»In drei Tagen«, lautet die Antwort.

Vielleicht hätten mich der kurzfristige Starttermin und die ausführliche Anpreisung der angeblichen Vorzüge des Schiffes misstrauisch machen sollen? Auch das Wort »Überholung« wäre, genau genommen, Anlass für eine Nachfrage gewesen. Zumindest aber hätte ich mir denken können, dass derjenige, dessen Platz an Bord ich nun so eilig einnehmen sollte, nicht ohne Grund in Bermuda abgesprungen war.

Doch nun ist es zu spät. Seit zwei Tagen sind wir auf See. Zeit für meine erste beunruhigende Entdeckung. »Das gibt es doch gar nicht!«, entfährt es mir. Entsetzt bemerke ich, dass das Schiff keinen Kompass hat – jedenfalls keinen mechanischen. »Sofort umdrehen!«, ist mein erster Gedanke.

Skipper David, Profikapitän mit Berufspatent und Erfahrung aus Handelsschifffahrt, Offshore-Industrie und Jobs auf diversen Megamotoryachten sieht's dagegen locker. »Kompass?« Mit mildem Erstaunen begegnet er meiner Frage nach solch einem urzeitlichen Ding. »Die Instrumente hier zeigen uns doch an, wohin wir segeln.« Dabei weist er mit seinem Arm auf die Konsole im Steuerhaus. Dort reihen sich unter anderem drei GPS- und zwei Radargeräte sowie drei Autopiloten aneinander. Er findet diese Art der elektronischen Navigation offenbar völlig normal. Aber um mich zu beruhigen, fügt er hinzu: »Ja, da hinten auf der Steuersäule, da haben wir einen elektromagnetischen Kompass – aber der funktioniert nicht.« Sagt es und zuckt mit den Schultern. Zur Not gebe es jedoch noch einen Handpeilkompass – ein winziges Ding aus Plastik, wie sich bei näherer Betrachtung herausstellt. Immerhin, das Modell kenne ich – vom Jollensegeln auf der Ostsee vor rund 20 Jahren.

So also ist das heutzutage auf einer professionellen Überführung ... Unwillkürlich geht mir der Ausspruch des skurrilen Roman-Abenteurers Phileas Fogg durch den Kopf: »*Wenn ich das zu Hause in meinem Club erzähle!*« Dabei wollen wir noch nicht einmal in 80 Tagen um die Welt, sondern nur möglichst schnell über den Nordatlantik. Auch wenn Anfang März sicherlich nicht der Idealtermin für eine solche Tour ist. Im Gegenteil.

Der erste Sturm erwischt uns fünf Tage nach dem Auslaufen. Ein Gebirge auf Wanderschaft, Berge aus stahlgrauem Wasser unter einem tiefen bleigrauen Himmel. Lässig türmen sich die Seen zu alpinen Höhen auf. Dazwischen nasse Täler, in denen selbst die nicht gerade kleine »Windweaver« verschwindet. Der Blick zum nächsten Kamm ist himmelwärts gerichtet, schon wird das Heck angehoben, der rasante Aufstieg zum weiß gischtenden Gipfel beginnt. Von oben dann sekundenlang der schauerliche Ausblick auf die wandernden Wellenungetüme,

die sich ringsum bis zur Kimm erstrecken. Wahrlich furcht-
einflößend! Wenigstens schiebt uns der Sturm mit seinen acht,
in Böen auch neun und vielleicht mehr Windstärken kräftig
voran. Auf der Suche nach Westwinden sind wir von Bermuda
aus erst einmal nach Norden gesegelt. Dieses Tief beschert uns
nun Spurts von über 14 Knoten und – an diesem Tag – ein
Etmal von 248 Seemeilen. Das ist vielleicht nicht sensationell
für einen Maxi, aber schon recht ordentlich für eine schwere
Fahrtenketsch, die den Komfort eines englischen Landhauses
durch den Ozean schleppt. Genug Stoff jedenfalls, um daheim
in meinem Club ordentlich Eindruck zu schinden.

Doch noch liegen knapp 3000 Seemeilen vor uns. Immerhin,
trotz der brachialen Achterbahnfahrt geht das Leben an Bord
recht luxuriös weiter. Nach meiner Wache kann ich mich im
Badezimmer zwischen dem überzeugend marmorimitierten
Waschtisch und der gegenüberliegenden Wand verkeilen, um
mit einer heißen Dusche das Salz vom Körper zu spülen – zwei
leistungsfähige Wassermacher sorgen für genügend Süßwas-
sernachschub.

Christina, die dänische Köchin, schafft es derweil sogar noch
unter diesen extremen Bedingungen, einen verführerisch duf-
tenden Lammbraten mitsamt einem richtigen *Gratin Dauphi-
noise* zuzubereiten. Welch eine Leistung, wo sich doch schon
das Essen selbst äußerst schwierig gestaltet! Krampfhaft suche
ich Halt auf den am Boden festgeschraubten und mit schwerem
Segeltuch abgedeckten Polstermöbeln des Salons, den Teller
zwischen den Knien eingeklemmt, immer in der Hoffnung,
dass mir der Braten nicht mit der nächsten See davonflutscht.
Emil, ein 21-jähriger Mitsegler aus Schweden, hat sich gleich
auf dem ebenfalls zugedeckten Teppich niedergelassen. Skipper
David bevorzugt zum Essen das Deckshaus, während Skill
unter einer gewissen Appetitlosigkeit leidet. Er kommt aus An-
tigua und hat, seiner insularen Heimat zum Trotz, keinerlei

Segelerfahrung. Dass er auf diesem Törn überhaupt an Bord ist, beruht eher auf einem Zufall. In English Harbour hatte er das Mahagoni an Deck lackiert und anschließend gleich angeheuert. Sein seglerisches Unvermögen hat er dabei wohl verschwiegen. Obwohl wir also zu fünft an Bord sind, segeln David, Emil und ich die Yacht de facto zu dritt. Dafür brauchen wir weder zu kochen noch abzuwaschen – noch zu steuern. Im Laufe des gesamten Törns segeln wir vielleicht knapp zwei, maximal drei Stunden per Hand. Immer nur dann, wenn Segelmanöver dies erfordern. Der Autopilot ist ständig an – bis in den Hafen von St. Helier auf Jersey.

Kein Wunder, dass der Stromverbrauch enorm hoch ist. Da bin ich schon froh, dass wir angesichts der sonstigen Technik-Manie des Schiffseigners wenigstens kein Atomkraftwerk in der Bilge haben. Nicht nur der Autopilot ist hungrig nach Energie, sondern es gibt ja auch noch die Wassermacher, den Geschirrspüler, die Tiefkühltruhe, den Kühlschrank, die Waschmaschine und den Wäschetrockner. Dann den Elektroherd, die elektrisch gespülten Toiletten, die CD-Player in den Kabinen und im Steuerhaus und das DVD-Heimkino im Salon. Verbraucher über Verbraucher, ohne Strom liefe hier rein gar nichts. Selbst der Kaffee wird mit 220 Volt gekocht. Also brummelt ein riesiger Generator jeden Tag viele Stunden lang im Maschinenraum vor sich hin. Wie gut, dass David nicht nur Nautiker, sondern auch ausgebildeter Schiffsingenieur ist. Die meiste Zeit verbringt er dort unten, um das wichtigste Aggregat an Bord am Leben zu erhalten.

Denn längst nicht alles ist perfekt hinter der vornehmen Fassade, wie sich auf See schnell zeigt. Unvergessen der Moment, Tausende Meilen vom nächsten Land entfernt, als David mit einer kleinen Seewasserpumpe in der Hand in das Steuerhaus tritt und gelassen meint: »Ich muss ziemlich pronto eine Dichtung schnitzen, wir sinken gerade!« Das geht am besten mit dem dicken Papier einer Seekarte, die millimetergenau mit einer Nagelschere ausgeschnitten und eingepasst wird. So erfüllen auch gedruckte Seekarten in diesem elektronisch navigierten Raumschiff noch einen überlebenswichtigen Zweck. Wieder eine schöne Geschichte für meinen Club …

Auch sonst bleibt eine Segelyacht eben nur eine Segelyacht, egal, wie groß oder wie luxuriös eingerichtet sie sein mag. Nach 1000 Seemeilen etwa wird es allmählich nass, auch unter Deck. Dank des langen, sonnigen Winters in der Karibik lecken Lüfter und Luken und wann immer eine See besonders kräftig an Deck steigt – an einigen Tagen passiert das alle paar Minuten –, gibt es in der Küche eine erfrischende Salzwasserdusche. Die Crewkabine im Vorschiff hat Emil wegen Hochwassers schon lange verlassen und auch in der von mir bewohnten Gästekabine Nummer zwei tröpfelt es stetig.

Rund 500 Seemeilen nordwestlich der Azoren kommt es dann ganz Dicke: In der bislang vielleicht schwersten Schauerbö mit waagerecht peitschendem Regen und schrill kreischendem Wind reißt mitten in der Nacht die Reffleine des Großsegels. Schnell sind wir alle drei draußen und beschließen, das riesige Tuch ganz zu bergen. Im Schein der Decksbeleuchtung beginnt ein ungleiches Ringen zwischen uns winzigen Gestalten, die am Ende ihrer Life-Leinen immer wieder von den Schiffsbewegungen und dem vom Wind erfassten schweren Tuch von den Füßen geschleudert werden, und dem widerspenstigen Großsegel. *Das hat ja auch mindestens die Fläche meiner Hamburger Wohnung*, denke ich gerade, da reißt es mit einem gemeinen Knall im oberen Drittel vom Vor- zum Achterliek quer durch. Wenigstens bekommen wir die Reste jetzt gebändigt und laschen sie, wie es gerade kommt, um Mast und Baum. Erschöpft kriechen wir ins Deckshaus zurück. Nur noch unter der kleinen Fock fällt die Geschwindigkeit des Schiffs auf lumpige sechs Knoten. Den Rest der Nacht denke ich an die Kapitäne der Neufundlandschoner des vorvergangenen Jahrhunderts, die auf ihren über den Umsatz entscheidenden Rennen von den Fanggründen zurück in den Hafen angeblich niemals Segel kürzten. Sie handelten getreu dem Wahlspruch: *»Except, what the Lord takes off!«* – Segel wurden nicht von ihnen, allenfalls vom »Herrn« gekürzt. Nämlich in der einen oder anderen Sturmbö.

Unsere Segelgarderobe hat der Allmächtige auch schon ziemlich dezimiert. Das große Vorsegel, so wichtig für die permanenten Raumschots- und Vormwindkurse, war UV-geschwächt vom karibischen Sonnenschein schon nach wenigen Tagen zerrissen. Und nun auch noch das Groß! Morgens, der Sturm hat erstmals seit Tagen abgeflaut, ist die Moral auf dem Tiefpunkt. An Segeln stehen uns noch eine kleine Fock, ein Trysegel, ein Besanstagsegel und der Besan selber zur Verfügung sowie ein großer Flautenspi. Doch der wird uns hier draußen vermutlich nichts nützen. Die Azoren liegen verlockend nahe, bis Jersey sind es dagegen noch 1500 Meilen. Einen schwachen Moment lang denken wir über das »Café Sport« am Hafen von Horta nach, dann siegt das Gewissen: Schließlich machen wir das hier ja nicht zum Spaß. Also weiter, der Job wird vernünftig beendet! David ist froh, dass seine Crew nicht meutert. Das Schiff nicht termingerecht zum Zielhafen zu bringen, könnte für ihn als Yachtkapitän einen empfindlichen Karriereknick bedeuten.

Nachdem die Entscheidung gefallen ist und wir unter merkwürdiger Besegelung weiter Kurs Ostnordost laufen, steigt die Stimmung wieder. An Steuerbord tobt ein Seevogel umher, lässt sich auf seinen eleganten schmalen Schwingen gefährlich dicht über die Brecher tragen, wird emporgehoben vom Wind, dreht einmal, stößt wieder hinab in die See. Ein Bild archaischen Lebens in dieser scheinbaren Leere, die eben doch keine Wüste ist. Vor Tagen sahen wir einen Wal, der – dunkelbucklig – weniger als eine halbe Seemeile entfernt abtauchte. Und unsere Freunde, die Delfine, besuchen uns jetzt regelmäßig alle paar Tage und unterhalten die Deckswache mit ihren übermütigen Kapriolen. Oft kann man unter Deck ihr eigenartiges Pfeifen hören. Wahrscheinlich reden sie dann über uns.

Drei Tage vor unserer voraussichtlichen Ankunft in Jersey verwandelt sich dann das Deckshaus in ein schwimmendes Büro. Broker und Agenten werden angerufen. Der Eigner, der tägliche Standortmeldungen per Satellit und E-Mail erhalten hat, bekommt eine Schadensliste. Reparaturen werden organisiert, ein Liegeplatz in der Elisabeth Marina von St. Helier reserviert und Heimflüge für die Crew gebucht. Auch ich, glücklich über die überstandene Atlantiküberquerung, werde langsam nervös. Wenn ich das alles in meinem Club erzähle …

Und wie navigieren wir auf der »Pippilotta«? Wie alle es schon immer getan haben. Nach Sicht. Und Gefühl. Und Erfahrung. Mit aktuellen Seekarten und viel gesundem Menschenverstand und einigem Gottvertrauen. Nur zur Sicherheit haben wir neuerdings aber auch noch einen kleinen hochmodernen Plotter an Bord: Zaubernavigation mit Harry Plotter, sozusagen. Dieses kleine Ding kann doch tatsächlich immer herausfinden, wo wir gerade sind und wo wir gerade hinfahren, und das dann auch noch auf einem kleinen Display auf einer ziemlich guten Seekarte anzeigen. Ich finde das spannend, faszinierend und unbegreiflich. Aber wenn ich das in meinem Club erzähle, gähnen alle anderen nur müde.

Living on Water

Es war, als Anke und ich noch kinderlos und mit unserer kleinen 10,50 Meter langen »Enterprise« unterwegs waren. Noch waren wir ganz auf das Segeln auf See fixiert – über weite Strecken, möglichst bald und möglichst weit in den tiefen Süden. Schon aber trafen wir auch Leute, die auf ehemaligen Binnenfrachtern lebten – so, wie wir es Jahre später selbst mit unserer »Pippilotta« tun würden. Und das noch nicht einmal, wie man es erwarten könnte, in den Niederlanden, sondern in London.

Wir waren gerade angekommen, einen Tag vor Silvester die Themse hinaufgesegelt und wollten nun durch die Schleuse in den Hafen »Limehouse Basin« gelangen. Dort, im Hauptquartier der britischen »Cruising Association«, wollten wir einige Monate bleiben und auf den Frühling warten. Allerdings schwamm im Schleusenbecken so viel Müll und Dreck herum, dass vom Wasser schon gar nichts mehr zu sehen war. Und ich verspürte keine Lust, diesen Dreck mit dem Kühlwasser an Bord zu saugen und anschließend alle Wasserfilter der Maschine reinigen zu müssen. Also verholten wir unser Schiff an langen Leinen, ohne den Motor zu bemühen, erst in die Schleuse und dann auch in das eigentliche Hafenbecken hinein. Wie vor 100 Jahren der Maulesel auf dem Treidelpfad marschierte ich also mit einer Vorleine, an deren anderem Ende die »Enterprise« hing, aus der Schleuse hinaus und auf der Hafenpier entlang. Dort aber lag mir ein alter, sehr zerbeulter und sehr heruntergekommener Binnenfrachter im Weg. Ich tat, was ich tun musste und kletterte mit der Leine in der Hand an Bord, um unser Schiff außen an diesem Gammelkahn entlang zu verholen. Da öffnete sich die Tür des winzigen Steuerhauses, von dem der Lack großflächig abblätterte, und eine auffallend hübsche dunkelhaarige Frau steckte ihren bezaubernden Kopf heraus.

»Ist es okay, wenn ich mal kurz an Bord komme, um mein Schiff zu verholen?«, fragte ich höflich auf Englisch.

»Na ja«, kam die Antwort. »Wo du schon mal hier bist, kann ich ja nichts dagegen sagen!«

Wir machten dann vor diesem Binnenkahn an der Pier fest und fühlten uns erst einmal überlegen – ozeantaugliches Segelboot vor ollem Binnenschipper. Interessant war das andere Schiff aber doch und so kamen wir auch bald mit den sehr netten Menschen dort an Bord ins Gespräch. Dies war der Beginn einer langen Freundschaft mit den Schiffseignern und auch der Keim für unsere eigene, doch erst viel später konkretisierte Idee, selbst auf solch einem Schiff zu wohnen. Denn »Stormvogel«, so hieß dieser kleine alte Frachter, war knapp 20 Meter lang und wirkte unter Deck – im Vergleich zu unserem winzigen Segelbötchen – wie ein schwimmender Palast. Mehr, das sahen wir sofort, brauchte man zum Leben wahrhaftig nicht.

Schon am selben Abend saßen wir eng beieinander in der historischen, original aus den 1920er Jahren erhaltenen Achterkabine des Frachters, tranken viel Wein und erzählten und hörten viel. Mit von der Partie waren Anna und David, stolze und frischgebackene Eigner der »Stormvogel«, sowie Annas Bruder aus Holland und dessen portugiesische Freundin mit ihren rabenschwarzen Haaren. Während unserer Zeit im Limehouse Basin würden wir Anna und David noch oft sehen und dabei auch beobachten, wie aus dem alten, äußerlich heruntergekommenen Frachter allmählich ein sehr schmuckes fahrbares Zuhause für die beiden wurde; optisch und technisch bald in Bestverfassung. Und schon zwei oder drei Jahre später waren die beiden zu dritt – ihr Sohn Finn wächst seither höchst zufrieden an Bord auf.

Die Restaurierung und der Umbau wurden von den beiden eigenhändig geschafft, bei einigen niederen Arbeiten (Steine schleppen und als Innenballast in der Bilge verstauen, um dann die Bodendielen darüber zu verlegen) halfen wir mit. Es war eine Riesenaufgabe, aber Geld für Werften und Profihandwerker gab es nun einmal nicht.

Und wie motiviert man sich zu solch einer Herkulestat? Mit Plänen – Plänen von langen Reisen in das Mittelmeer oder auch durch die Ostsee nach St. Petersburg, die sie mit diesem Schiff unternehmen würden. Allerdings, nicht alle Pläne halten dem Kontakt mit der Realität stand. Das Leben, die Jobs, die Kinder – es sind viele Dinge, die einem dann dazwischengeraten können. Erst vor Kurzem besuchten wir die drei in London und David sagte, als wir abends gemütlich an Deck saßen und uns eine Flasche Wein teilten: »Jetzt, so um diese Zeit, also in diesem Jahr etwa, wollten wir eigentlich von unserer großen Reise zurückkommen!« Er lächelte milde und wehmütig dazu. Zwar fahren sie an einigen Wochenenden die Themse hinab und im Sommer auch schon mal die Küste entlang oder nach Frankreich hinüber, doch die wirklich große Reise steht noch aus ...

Dafür ist »Stormvogel« ein wahres Schmuckstück geworden. Im Laderaum befindet sich die offene Küche, davor ein langer Esstisch, daneben – als zentraler Punkt in diesem interessanten Raum – ein gusseiserner Bollerofen (obwohl natürlich auch »Stormvogel« über eine Zentralheizung verfügt).

Während wir uns unterhalten, strömt draußen das Wasser der Themse vorbei, wir hören es glucksen und plätschern, nur wenige Meter entfernt, außen an der stählernen Bordwand. Und immer mal wieder gerät der Raum ins Schwanken: Wenn ein Schiff vorbeifährt, werden wir von dessen Heckwellen sanft gewiegt.

»Das ist es!«, sagt Anna begeistert. »Das ist das Leben auf dem Wasser!«

»*Living on Water*« – so lautet auch der Titel eines Dokumentarfilms über diese ungewöhnliche Art zu wohnen, den David für das englische Fernsehen gedreht hat. David ist Filmregisseur, seine Partnerin Anna Architektin.

»Stormvogel« wurde 1929 im niederländischen Zwijndrecht gebaut und fuhr noch bis in die 1970er Jahre hinein Frachten aller nur denkbaren Art. Die letzte Ladung beispielsweise waren Heuballen, die dermaßen hoch an Deck gestapelt wurden, dass der Steuermann eine besondere Konstruktion benötigte, um das Schiff vom Dach des Steuerhauses aus zu fahren.

Doch wie kam es dazu, dass es nun in einer der exklusivsten Londoner Wohngegenden direkt unterhalb der Tower Bridge und nur einen Leinenwurf vom Design Museum entfernt als schwimmende Behausung dient?

David ist an und auf dem Wasser groß geworden und lebte bereits seit 1988 auf einem kleineren Boot. »Das ist in meiner Familie nichts Ungewöhnliches, schon mein Vater war verrückt nach Booten«, erklärt er. Einige Monate lang lebte die Familie auf einem Segelboot im Mittelmeer, da war David gerade sechs Jahre alt. »Das war die vielleicht schönste Zeit meiner Kindheit«, sagt er. Auf jeden Fall hat er sich auf dem Wasser schon immer zu Hause gefühlt. »Für mich ist diese Art zu wohnen weder exotisch noch ungewöhnlich!«

Ganz anders sieht es da schon bei Anna aus. Sie bewohnte, bevor sie David kennen lernte, eine riesige helle Altbauwohnung in Rotterdam. Hohe Decken, Stuck, freie Sicht, unendlich viel Platz. Über ihren zukünftigen Wohnraum an Bord hätte sie damals wohl eher gelacht. »Wenn ich nicht David getroffen hätte, wäre ich nie im Leben darauf gekommen, auf einem Schiff zu wohnen. Dann lernte ich ihn kennen und zog bald darauf bei ihm an Bord ein. Ich wollte ja nach London und er lebte nun einmal auf einem Boot«, sagt sie. »Aber irgendwie mochte ich dieses Leben und so kauften wir uns dann ein größeres Schiff.«

Das allerdings war auch notwendig, denn David wohnte zu der Zeit noch alleine auf einem winzigen schmalen »Narrowboat«. Dieses Boot, weniger als neun Meter lang und schmaler als zwei Meter, ist typisch für die kleinen englischen Kanäle aus der Zeit der Industrialisierung und wirkt eher wie ein schwimmender Eisenbahnwaggon.

»Die Enge dort an Bord war unbeschreiblich«, sagt Anna. »Es gab gerade eben genug Platz für ein Bett, einen klapprigen Tisch, eine winzige Pantry und einen Schrank, in dem das Klo eingebaut war!« Nur weil sie die auf London und Rotterdam verteilte Wochenendbeziehung bald satthatte, zog sie auf das Boot – für drei Wochen, so ihre damalige Vorstellung. Bis sie jedoch »Stormvogel« gekauft und weit genug umgebaut hatten, um zumindest provisorisch an Bord zu leben, vergingen lange drei Jahre.

Leicht war es nicht, das passende Schiff zu finden, denn die beiden hatten genaue Vorstellungen. Ein mobiles Schiff, authentisch und autark – keinen Ponton, auf dem einfach ein Haus gepflanzt wurde. »Denn das ist doch gerade das Fantastische an dieser Art zu wohnen«, schwärmt Anna. »Das Gefühl der Unabhängigkeit. Wir haben eine Basis und ein Haus, aber gleichzeitig sind wir mobil. Im Sommer fahren wir an den Wochenenden die Themse hinab bis nach Faversham an der Mündung. Es ist einfach unbeschreiblich, wenn man morgens aus dem Bett steigt und einfach über Bord ins Wasser springen kann und wenn man ab und zu einen neuen Blick aus den Fenstern hat. Gleichzeitig ist dies ein sehr komfortables Apartment, unterwegs können wir unsere Waschmaschine laufen lassen und haben alles, was man in einer Wohnung eben so erwartet, und dennoch können wir damit wie die Zigeuner leben.«

Was ändert sich noch bei diesem Lebensstil?

»Man lebt bewusster, da man merkt, wo die Energien und

Ressourcen herkommen und dass sie alle endlich sind. Hier kommt der Strom eben nicht nur aus der Steckdose, sondern, wenn wir unterwegs sind, aus dem Generator und den Batterien. Dafür wiederum müssen wir Diesel haben. Und wenn unsere Wassertanks leer sind, gibt es kein Trinkwasser mehr. Das Gas kommt ebenfalls nicht aus der Leitung, sondern aus den Flaschen an Deck. Um all das muss man sich eben kümmern, man nimmt es nicht mehr als selbstverständlich hin.«

So ist »Stormvogel« natürlich weitaus mehr als »nur« ein Haus. Es ist natürlich und vor allem, ganz wie unsere »Pippilotta«, ein immer noch voll funktionsfähiges Schiff, das die beiden selbst bewegen können. Daher die Beschränkung in der Größe. »Stormvogel« ist 20 Meter lang und 4 Meter breit. »Das ist das Maximale, was wir noch ohne Stress fahren und manövrieren können«, meint David, der immerhin mit Booten aufgewachsen ist. Aber es bietet auch genug Lebensraum.

Der zentrale Ort ist, wie gesagt, der ehemalige Laderaum. Hier befinden sich die Küche, ein großer Wohnbereich mit Annas Klavier und, am vorderen Ende durch einen schweren Vorhang abgeteilt, das Schlafzimmer, daneben ein kleines Badezimmer mit Wanne. Im Heck des Schiffes gibt es die ebenfalls bereits erwähnte frühere Kapitänskajüte, noch ganz authentisch im Stil der 20er Jahre, mit einem Alkoven als Bett. »Das nutzen wir als Gästezimmer und Arbeitsraum«, sagt David. Und dann gibt es natürlich noch das Steuerhaus an Deck, von dem aus man eine freie Rundumsicht genießen kann.

Für die Architektin Anna brachte der Umbau des Schiffes ganz neue Einsichten. »Wir wollten hier kein Haus imitieren, sondern ein Schiff behalten. Als wir den Laderaum etwas erhöhten, haben wir darüber lange diskutiert. David wollte ihn so niedrig wie möglich lassen, also möglichst authentisch von außen, ich wollte dagegen mehr Innenraum gewinnen. Dann einigten wir uns auf einen Kompromiss und erhöhten den Rand rundherum um knapp 30 Zentimeter. Jetzt haben wir hier drinnen rund zwei Meter Höhe, genug zum Stehen. Der Laderaum sollte eben auch als solcher noch zu erkennen bleiben und ist ja überhaupt ein wunderschöner großer Raum, der auf keinen Fall verschachtelt werden sollte. So haben wir eine Großzügigkeit und viel Luft und Licht, das Licht fällt ja auch – wie früher – hauptsächlich von oben herein, durch die durchsichtigen Luken, die wir an einigen Stellen eingebaut haben. Und man kann auch hier drinnen sehr schön die Deckskurve sehen, wie das Schiff sich zum Bug hin erhöht. Hier im Laderaum ist die Atmosphäre ganz anders als beispielsweise achtern in der alten Kapitänskammer. Ganz anders als in einem Haus haben wir hier verschiedene Flächen und Ebenen, die funktional getrennt sind, das finde ich besonders reizvoll. In den Laderaum muss man über eine steile Leiter hinabsteigen, auch das macht schon viel aus und das wollen wir auch so beibehalten. Dieser Raum hat rund 45 Quadratmeter, insgesamt haben wir etwa 80 Quadratmeter Fläche an Bord.«

Beim Umbau haben die beiden denn auch sehr auf Details geachtet. Im Laderaum sieht man zum Teil die Struktur des Schiffes, beispielsweise an den stählernen Knien, die das Deck stützen. Entlang der Seiten ziehen sich schräge Holzkanten. Die wurden früher eingebaut, damit die Eimer beim Entladen der Fracht nicht unter der Deckskante hängen blieben. »Wir wollten erst verstehen, wie das Schiff in seinem Arbeitsleben funktioniert hat und es dann entsprechend umbauen«, sagt Anna. »Als Architekten denken wir uns meist einfach etwas aus und bauen das dann, wir beginnen mit einem weißen Blatt Papier. Aber hier hatten wir etwas Organisches, dies war ein lebendiger Prozess. Wir hatten so unsere Ideen, was wir erreichen wollten, aber dazu mussten erst unendlich viele technische Dinge und Detailfragen gelöst werden. Ich konnte hier nicht einfach entwerfen, sondern musste mir ansehen, was bereits da ist und vor allem, welche Funktion es hat und dann daraus etwas machen.«

David ergänzt seine pragmatische Sicht der Dinge: »Viele Leute versuchen, aus Schiffen Häuser zu machen, und das ist zum Scheitern verurteilt. An Bord folgt die Einrichtung eben immer der Funktionalität. Wir leben zwar an Bord, aber es ist innen wie außen zu allererst ein funktionierendes Schiff. Es hat einen großen Maschinenraum und wasserdichte Schotten und stählerne Türen und solche Dinge, die man in einem Haus eben nicht findet. Selbst das Klavier ist am Boden festgeschraubt, damit es unterwegs nicht ins Rutschen kommt. Bei grobem Seegang binden wir es zusätzlich sogar noch fest.«

Hier an seinem ständigen Liegeplatz ist das Schiff durch ein Stromkabel und eine Telefonleitung mit dem Land verbunden. Allerdings, das hebt David hervor, könnten sie diese Verbindungen schnell kappen. »Wenn wir uns entschließen, loszufahren, können wir innerhalb von 15 Minuten unseren Liegeplatz verlassen. Wir haben 1000 Liter Wasser im Tank, damit können wir unterwegs einen Monat auskommen, wenn wir im Verbrauch moderat sind. Hier hält es rund eine Woche, wenn wir hemmungslos duschen, die Waschmaschine benutzen und so weiter. Den Tank können wir mit einem langen Schlauch von Land aus füllen. Für die Elektrik haben wir zwei getrennte Stromkreise, einmal 24 Volt für den Schiffsbetrieb, darunter fallen Navigationslichter, Instrumente und solche Dinge, sowie, über einen Inverter, 220 Volt für den schwimmenden Haushalt. Dazu viele Batterien, die werden von der Hauptmaschine geladen. Wir haben 750 Liter Diesel, damit werden nicht nur die Maschine, sondern auch die Zentralheizung und das Warmwasser betrieben. Die Maschine verbraucht etwa acht bis zehn Liter pro Stunde, bei sieben Knoten Fahrt haben wir eine Reichweite von 100 Stunden oder rund 1200 Kilometern.«

116

Diesel bekommen die beiden von einem Tankschiff, das je nach Bedarf längsseits kommt und auch das Gas liefert. Geheizt wird mit der Zentralheizung und einem kleinen Kohleofen, der in der Mitte des Raumes steht. »Da verheizen wir das Treibholz, das wir aus dem Fluss fischen. Wir finden hier überhaupt so viel fantastisches Holz, darunter dicke Teakplanken und Mahagoni und so etwas, dass wir daraus auch viele Einrichtungteile bauen«, sagt David und verweist auf die Bücherregale im Laderaum, die aus wunderbar verwittertem Treibholz gebaut sind.

Ein wirklich romantisches Leben also?

»Unbedingt!«, begeistert Anna sich. »Das Leben an Bord, der Alltag, spielt sich schon in einer ganz anderen Welt ab. Das Plätschern des Wassers, die Bewegung. In einem Haus hat man keinerlei Verbindung zum Wetter draußen, hier jedoch umso mehr. Gezeiten, Wind, Sonne, Regen, Mond und so weiter – alles wird intensiv registriert.«

Dazu leben die beiden zwar mitten in der Metropole, aber auf dem Fluss dann doch auch in einem Stück Natur. »Wir nutzen den Fluss als Transportweg, so, wie es früher einmal normal war«, erzählt David. »Wir haben ein Beiboot mit Außenborder und fahren damit zur Kneipe, manchmal hole ich auch Anna per Boot von der Arbeit ab oder wir transportieren schwere Dinge darin. Eine Großstadt ist eng, aber hier auf dem Fluss haben wir Raum und Luft, um frei zu atmen.«

Seit sie hier leben, können sie es sich beide nicht mehr vorstellen, in der klaustrophobischen Enge an Land zu wohnen. Anna: »Ich spüre jedes Mal den Wind, wenn ich komme oder gehe. Der Tidenhub hier beträgt mehrere Meter und auch damit ändert sich die Aussicht alle paar Stunden.« Und David: »Hier kommen unentwegt interessante Schiffe vorbei – Ozeanriesen, Frachter, Segler, einfach alles. Alles bewegt sich und ist lebendig, hier ist nichts tot oder statisch.« Sogar der Hafen, in dem sie liegen. Der besteht aus vielen alten Schuten, die hier verankert und zu Studios und Konferenzräumen umgebaut wurden, darauf sind kleine Gärten angelegt. Alle sind miteinander verbunden, aber alle schwimmen mit der Tide auf und ab und bewegen sich im Schwell der vorbeifahrenden Schiffe. Hier liegen etwa sechs Schiffe, auf denen permanent gelebt wird. Die Bewohner sind Fotografen, Bildhauer, Modedesigner oder eben auch Architekten und Filmleute – sogar ein ehemaliger Mönch ist dabei, der jetzt als Kurier arbeitet. »Eine wirklich nette Nachbarschaft«, sagt Anna. »Das hat schon fast etwas Anarchistisches, wie wir hier auf den Schiffen leben, vor allem als Kontrast zu den teuren Wohnungen an Land.«

Mittlerweile haben sie mehr geschafft als ihre einst erträumte lange Reise. Sie haben gemeinsam mit den Eigentümern von rund einem Dutzend weiterer Wohnschiffe einen alten, ausgemusterten Zollanleger in der Themse kaufen können. Ein Stück Wasserfront mitten in London, einer der teuersten Metropolen der Welt, in der sich noch nicht einmal gut verdienende Familienväter eine anständige Wohnung leisten können. Jahrelang verhandelten sie mit der Hafenbehörde, dem Umweltamt, den Banken. Dann hatten sie plötzlich das eigentlich Unglaubliche geschafft: Nun entsteht hier, wieder einmal hauptsächlich durch die eigene Arbeit, ein Ponton als Anleger für historische Wohnschiffe mit einem Lagerschuppen, einem Gemeinschaftsraum und einer Anlage, die die hier vertäuten Schiffe mit Strom und Wasser versorgt und gleichzeitig die Abwässer aus den Tanks in die Londoner Kanalisation leitet.

Ein tolles Beispiel dafür, dass auch das Unglaubliche geschehen kann, wenn man fest genug dran glaubt – und arbeitet und nicht locker lässt. Denn Liegeplätze hier sind Gold wert, jeder Zentimeter Pierlänge ist Gold wert.

Und die Reise?

Ist verschoben, aber nicht aufgehoben. Noch lange nicht.

»Wenn wir den Anleger erst einmal fertig haben, können wir doch jederzeit für ein oder zwei Jahre verschwinden«, sagt David. »Aber wenigstens haben wir nun einen Ort, an den wir immer wieder zurückkehren können!«

Auch das ist ein Luxus, eine ungeheure Sicherheit für alle entwurzelten Seenomaden. Zurück? Das Gefühl, nicht recht zu wissen, in welcher Richtung dieses »Zurück« liegt, kenne – und fürchte – auch ich. Ein Leben in echter Freiheit, vor der viele Menschen ja Angst haben, weil es kein Zuhause mehr gibt, in das man zurückkehren kann, wenn etwas schief läuft oder falls es wirklich ungemütlich wird.

Ich spürte diese tiefe Entwurzelung und Verzweiflung vor vielen Jahren auf Malta nach der Trennung von Sabine. Plötzlich alleine an Bord der »Enterprise«, ohne Ziel und ohne rechte Perspektive.

Und heute? Das Problem der verschobenen langen Reise ist im Vergleich dazu nichts als eine Lappalie. Irgendwann wird sie sicher stattfinden. Auch das ist ein Gedanke, mit dem ich mich oft tröste, wenn ich leicht melancholisch an Deck der »Pippilotta« sitze, festgemacht im wunderschönen Hafen von Teufelsbrück. Das ist zwar irgendwie auch ein Leiden, aber ein doch eher köstliches Leiden auf sozusagen »hohem Niveau« …

»Libje«: »Mein Leben«

Der 100 PS DAF Motor brummelt kraftvoll unter meinen Füßen. Die Sonne glitzert hell auf den nassen, von dem ablaufenden Wasser der Ebbe freigelegten Sandbänken beiderseits des Fahrwassers. Jetzt nur nicht auflaufen! Dem gewundenen Wasserweg zu folgen, erfordert Maßarbeit und enorm viel Kurbelei am großen Steuerrad. In den allzu engen Kurven touchieren wir mit unserem herumschwingenden Heck manchmal eine der Pricken, die kleinen Weidenstämme, die den Verlauf des Priels markieren. Aber einen knapp 25 Meter langen ehemaligen Binnenfrachter auf so engem Raum zu steuern, will eben auch erst mal gelernt sein.

Wir sind auf dem Weg aus den Niederlanden zurück nach Hamburg – in unserem Haus! Mit gemächlichen und Treibstoff sparenden fünf Knoten geht es durch die wunderbare Welt des Wattenmeeres. Wer nicht gerade im Steuerhaus am Ruder sitzt, liegt an Deck und genießt die langsam vorbeiziehende nasse Zwitterwelt im Wechselspiel zwischen Ebbe und Flut, in der wir uns bewegen.

Abends ankern wir irgendwo oder laufen einen der reizvollen Inselhäfen an: Juist, Spiekeroog und dann Wangerooge sind die Stationen auf dem Weg zur Elbmündung.

Vorangegangen war die Fahrt durch die Kanäle Frieslands. Die Entdeckung der Langsamkeit: Fahrräder fuhren an Land neben dem Kanal her und an uns vorbei, Fußgänger hielten fast mit uns Schritt und unzählige Enten tummelten sich rund ums Schiff. Ab und zu wurde eine Brücke für uns geöffnet. Am ersten Abend ankerten wir auf einem winzigen See in vollkommener Stille unter einem hohen Himmel. Zufriedenheit breitete sich aus über diese angenehme Art des Reisens – und das mit unserem eigenen Haus!

Dies war die Überführung unseres Binnenfrachters »Libje«, der Vorgängerin der »Pippilotta«, an der wir überhaupt erst einmal das Konzept des fahrbaren Wohnschiffes austesten konnten, aus den Niederlanden nach Hamburg. »Libje« war natürlich auch schon eines von den Tausenden bewohnter Schiffe, die es in ganz Europa gibt. Vor allem in den Niederlanden, aber auch in Belgien, Frankreich und Großbritannien sind Wohnschiffe nichts Ungewöhnliches. In London und Paris gibt es ganze schwimmende Stadtteile, in Amsterdam leben sogar gut 2400 Familien an Bord.

»Libje« hingegen kauften wir auf einem winzig kleinen Kanal mitten in Friesland. Um das Schiff zu drehen, musste man damit erst einmal einige Kilometer weit in die andere Richtung fahren, wo es eine etwas breitere Stelle gab, so schmal war der Kanal. Die Eigentümer des Schiffes hatten mehr als 30 Jahre lang an Bord gelebt und dabei drei Kinder großgezogen. Jetzt waren sie jedoch beide über siebzig, die Gesundheit ließ nach und sie wollten mit dem Schiff, mit dem sie einst halb Frankreich erkundet hatten, nicht mehr fahren. Nicht mehr fahren, hieß für sie jedoch auch, so traurig es sein mochte, nicht mehr darauf zu leben. Ein kleines Häuschen am Kanal hatten sie schon Jahre vorher gekauft und waren sozusagen sanft an Land gezogen; nicht von heute auf morgen oder gar von jetzt auf gleich, sondern in Etappen.

»Libje« ist übrigens Friesisch und bedeutet »Leben«. »Es ist doch mein Leben!«, soll die Frau gesagt haben, als sie in den 1970er Jahren mit ihrem Mann an Bord zog und ihre Eltern darüber entrüstet waren, dass ihre Tochter nun zu einer maritimen Zigeunerin würde.

Dabei hat der Trend zum Wohnen auf dem Wasser doch genau hier in den Niederlanden begonnen – und zwar Ende der

40er, Anfang der 50er Jahre, als Wohnraum an Land knapp war und viele Frachtschiffe ungenutzt aufgelegt wurden. Einen weiteren Schub erlebte die schwimmende Wohnkultur in den 70er Jahren, als Hippies das Leben auf alten Hulks als beste – und auch billigste – Alternative zu herkömmlichen Wohnstrukturen entdeckten.

Heute ist das Leben auf einem Wohnschiff jedoch alles andere als einfach oder gar billig. Die Liegeplätze in den europäischen Metropolen sind gefragt und teuer und viele Wohnschiffe sind fantasievolle und technisch aufwendige Umbauten, die so manch ein Designerloft in den Schatten stellen.

Unser Schiff wurde ebenfalls in den frühen 70er Jahren zum Wohnen umgebaut: Im Laderaum entstand eine kleine Wohnung mit großem Wohnraum, Küche, Kinderzimmer und Bad. Die Kajüte der früheren Schiffersfamilie im Heck blieb fast original erhalten und dient jetzt als Schlafzimmer, das Steuerhaus wird im Hafen als Büro, Frühstücksraum und Wintergarten genutzt. Das Schiff ist mit moderner Haustechnik ausgerüstet: Neben dem gemütlichen Kaminofen gibt es zum Beispiel eine Zentralheizung oder auch eine Waschmaschine.

Der Wassertank reicht bei normaler Lebensweise gut eine Woche lang, unterwegs bei sparsamem Gebrauch sogar einen Monat. Und zur Entsorgung haben wir ein bordeigenes Klärwerk eingebaut, das nach biologischem Prinzip ohne Strom funktioniert und von vielen Schifffahrts- und Umweltbehörden empfohlen wird.

So gesehen, ist uns das Schiff im Hafen vor allem eins: ein manchmal sanft schwankendes Haus mit unverbaubarem Wasserblick. Aber dann ist es eben auch ein autarkes Schiff. Wenn wir auf Reisen gehen, wird nichts gepackt und nichts vergessen. Wir ziehen lediglich die Telefonleitung aus der Dose, kappen die Landstromversorgung und werfen die Leinen los – eine Sache von wenigen Minuten. Unterwegs generieren Maschine und Generator genug Strom, telefoniert wird mit dem Handy, Kühlschrank und Kocher werden mit Propangas betrieben und sehr bald werden wir auch noch eine große Solarzellenfläche auf dem Dach des Steuerhauses installieren.

Unübertroffen und unvergesslich war auf dieser Überführung aus Friesland jene magische Nacht, die wir trocken gefallen im Watt vor Neuwerk verbrachten. Von Westen kommend, waren wir mit dem auflaufenden Hochwasser über so manche Wattrücken gerutscht, hatten aber auch die Mündungen der Jade und Weser überquert. Dann kenterte die Tide, das Wasser fiel und wir fuhren einfach so lange weiter, bis wir sanft, aber unmissverständlich aufliefen. Für die nächsten Stunden war Schluss. Das Wasser lief rasch ab, bis um uns herum nur noch Sand und Schlick zu sehen waren. Beim abendlichen Niedrigwasser wanderten wir über die Sände, auf denen unser holländisches Plattbodenschiff sicher und aufrecht wie ein Kirchturm stand. Die glühende Abendsonne färbte den nassen Sand blutrot, während am Horizont Containerriesen wie schwarze Scherenschnitte wirkten und im Fahrwasser der Elbe stromauf glitten. Über all dem blinkte das Leuchtfeuer von Neuwerk und noch lange standen wir schweigend dort, wo in wenigen Stunden wieder Wasser sein würde, und betrachteten unser Schiffshaus in dieser einzigartigen Umgebung.

Gestrandet in Strande

Es war eine echte norddeutsche Sommernacht Anfang August: windig, kalt, nass. Es war auch nach Mitternacht, wir fuhren die Elbe hinab Richtung Nordsee und die ersten Regenschauer ergossen sich über unseren gebeugten Häuptern. Die Lichter in den Schleusen vom Nord-Ostsee-Kanal blinkten einladend, geradezu verführerisch, zu uns herüber.

Dies war der Beginn eines – immerhin – gut einwöchigen Ferientörns mit unserer »Pippilotta«. Mit dem Abendhochwasser waren wir aus Teufelsbrück ausgelaufen. Wir wollten hinaus in das Wattenmeer hinter den Ostfriesischen Inseln – in das Revier also, für das unser Schiff einst gebaut worden war – und dabei keine Zeit verlieren, denn eine Woche ist ja ziemlich kurz – jedenfalls dann, wenn man nicht arbeiten, sondern segeln möchte. Wobei wir in dieser ersten Nacht gar nicht segelten, sondern unter Motor gegen den Westwind fuhren, der frisch und böig die Elbe hinaufwehte.

Die ersten Stunden war das Wetter noch gut, die Stimmung an Bord ebenfalls. Nach und nach gingen dann alle schlafen; erst die Kinder, dann die Mütter, dann auch noch Jörg, neben mir der andere Vater an Bord. Zurück an Deck blieben Bootsmann und ich. Mit dem ablaufenden Ebbstrom waren wir bis Brunsbüttel flott vorangekommen. Dann hatten wir diese Ebbe verbraucht, die Tide kippte und damit, wie so oft auf der Unterelbe, auch das Wetter. Bootsmann und ich waren um diese Stunde nach Mitternacht redlich müde. Die junge Flut sprang uns fauchend an, so erschien es uns in der Dunkelheit jedenfalls. Ab und zu wurde es dunkler – und nass, wenn nämlich besagte Regenschauer durchzogen. Peilungen zu den Lichtern an Land zeigten uns, dass wir nur noch extrem langsam vorankamen. Es briste auf, ich hörte bald den Wind im Rigg der »Pippilotta« singen. Ungemütlich, all das. Noch waren wir nicht aus dem Bannkreis der Sirenen von Brunsbüttel hinaus.

»Lass uns doch dort durchschleusen, im Kanal an der Pier festmachen und gemütlich pennen!«, scherzten wir, jedoch nicht ohne ernsten Unterton. Dabei wollten wir doch ins Watt. Anke hatte es Ole schon versprochen (das sollte man beim Segeln ja niemals tun, denn erstens kommt es ja immer anders und zweitens, als man es geplant hat), dass wir im Watt lange Wanderungen und Entdeckertouren unternehmen würden. Und jetzt in den Kanal? Auf die Ostsee? Niemals!

Auch dieses »Niemals« sollte man natürlich nicht nur, aber vor allem gerade beim Segeln niemals sagen. Es kam, wie es immer kommt: Natürlich hielten wir durch, Bootsmann und ich, tranken einige Biere in den sehr frühen, verregneten Morgenstunden. Die Fahrt bis Cuxhaven dauerte dank der uns entgegenströmenden Flut noch fast fünf Stunden. Fünf sehr nasse, lange, aber auch irgendwie schöne Stunden.

Kurz vor Cuxhaven wurde es heller. Als wir in den Yachthafen einliefen und festmachten, war der neue Tag schon fast da. Windig und nass. *Nicht unbedingt das Wetter*, dachte ich, *um mit meiner Crew, bestehend aus zwei Familien mit kleinen Kindern, auf die Nordsee hinauszusegeln.*

Bootsmann und ich genossen es, angekommen zu sein. Zur Belohnung kam die Sonne heraus, sehr blass und noch sehr tief, aber immerhin blieb es trocken. Alle anderen schliefen noch. Wir machten das Schiff fest, klarten auf, wollten gar nicht mehr in die Kojen. Tolle Nacht! Teufelsbrück bis Cuxhaven, die gesamte Unterelbe abgefahren, das längste Stück auf dem Weg ins Watt lag hinter uns. Da kann man sich nicht einfach schlafen legen! Wie oft hatte ich dieses köstliche Gefühl genossen, erschöpft und müde und doch zufrieden und aufgedreht nach einer langen durchsegelten Strecke irgendwo anzukommen. Und dann – Schlaf? Kein Gedanke! An Bord sitzen, den neuen Tag heraufziehen sehen, noch ein Bier oder drei nehmen. Mit allen Fasern des ja eigentlich müden Körpers endlich genießen. Geschafft! Entspannen! Trinken!

Irgendwann ist auch dieses Hoch vorbei. Bootsmann ging an Land, zum Bahnhof, musste mit der Bahn nach Hamburg zurück. »Vielleicht kehre ich auf dem Weg bis zum Bahnhof ja noch irgendwo ein«, sagte er zum Abschied. Ich allerdings kehrte auch ein, kroch zu meiner Familie ins warme und kuschelige Bett, um vielleicht doch noch eine Stunde zu schlafen, bevor wir alle wieder von den lieben Kleinen geweckt würden. So ging eine schöne, von ihrer Art her vertraute Nacht zu Ende. Unzählige Mal war ich nachts oder am frühen Morgen an Cuxhaven vorbeigesegelt, meist damals mit der Yacht meines Vaters und mit meinen Kumpels an Bord, von Hamburg kommend, auf dem Weg nach Helgoland. Einen Sommer lang waren wir fast jedes Wochenende, sofern Wind und Tide es zuließen, zum »Roten Felsen« gesegelt. Regelmäßig, wie eine Fähre. Freitagabend los, Samstagmittag ankommen, Sonntagmorgen wieder los und Sonntagabend wieder in Hamburg einlaufen – und doch war jedes Wochenende anders, einzigartig, je nach Wetter, Tide und Mitseglern.

Später segelte ich dann wieder zum Felsen, nicht mehr so regelmäßig, in meinen verschiedenen eigenen Schiffen. Nur selten allerdings – meistens nur, wenn das Wetter besonders schlecht war – habe ich dabei Cuxhaven angelaufen.

An diesem Morgen begrüßte uns der Hafenmeister hier sehr freundlich, aber unter anderem auch mit den Worten: »Euer Schiff ist leider nun wirklich etwas zu groß – zu schwer – für meinen Hafen!« Der Schwimmsteg, an dem wir festgemacht hatten, erklärte er, würde bei aufkommendem Wind von unserer 70 Tonnen verdrängenden »Pippilotta« wohl einfach auseinandergerissen werden. Gemacht war er für fragile Yachten von maximal 12 Metern Länge und nur einer Handvoll Tonnen Gewicht. Boote wie Luftpostbriefe, sozusagen. Wir blickten nach draußen, der Himmel war aufgerissen, die Sonne wärmte – aber die Wolken segelten verdächtig schnell von West nach Ost über unsere Köpfe hinweg. Der Hafenmeister wusste es schon, der in seinem Büro aushängende Wetterbericht bestätigte es natürlich: Sturm war angesagt für die nächsten Tage, während ein Tief nach dem anderen vom Atlantik her hereinwehen würde.

Meine Befürchtung vom frühen Morgen verfestigte sich. Bei diesem Wetter würden wir nicht in das Wattenmeer kommen, denn dazu müssten wir zuerst die Mündungen der Elbe, Weser und Jade überqueren – ungeschützt, rau, viel Seegang bei diesem Wetter, meist brutale Grundseen auf sich verlagernden Sandbänken – oder ganz außen herum laufen, im tiefen Fahrwasser eines der meistbefahrenen Schifffahrtswege mit ebenso grobem Seegang. Kurz: Nichts für uns! Für diesen kritischen Abschnitt der Reise hätten wir auf einen ruhigen Tag warten müssen und der war, zumindest in der Woche, die uns zur Verfügung stand, einfach nicht in Sicht.

Also eine Woche in Cuxhaven verbringen? Wohl kaum! Es blieb nur eins – und so kam es, wie es, wie schon gesagt, kommen musste: Rückzug. Von wegen, niemals! Erinnern Sie sich? Auf nach Brunsbüttel, durchgeschleust und auf die vergleichsweise geschützte Ostsee. Hätten, ja, hätten wir es nur gleich gewusst oder geahnt und danach gehandelt um Mitternacht, als die Tide und das Wetter gegen uns kippten und die Lichter der Schleusen so nah und einladend waren. Wir hätten uns viel Zeit und Treibstoff sparen können, wären wir gleich in den Kanal hineingeschleust. Aber was soll's? Hätten, wäre, wenn … Zum Glück – oder auch nicht – ist man nun einmal kein Hellseher. So segelten wir vor der auffrischenden Brise und mit dem Rest der auflaufenden Flut nach Brunsbüttel zurück. Fünf Stunden gegenan gekämpft! Ich mochte gar nicht daran denken, aber dann fiel mir wieder ein, wie gut Bootsmann und ich uns morgens in Cuxhaven gefühlt hatten. Umsonst war es nicht gewesen.

Jedenfalls waren wir schneller zurück in Brunsbüttel als in jenen fünf Stunden. Vor den Schleusen tummelten sich allerhand Schiffe, wir bargen das Großsegel und motorten vorsichtig hinter dem Heck eines Containerfeeders zur alten südlichen Sportbootschleuse.

Die Schleusen und der Kanal sind ja immer wieder spannend, nicht nur für die Kinder, sondern auch für uns »Große«. Immerhin ist dies die meistbefahrene Wasserstraße der Welt, noch vor dem Panama-Kanal; im Durchschnitt fahren 118 Schiffe durch den NOK (Nord-Ostsee-Kanal, englisch: Kiel Canal) – Tag für Tag! Das macht rund 43 000 Schiffe im Jahr, hinzu kommen noch einmal an die 20 000 Yachten und Motorboote, die auf diesem Wege von der Nord- zur Ostsee und auch wieder zurück gelangen. Kein Wunder also, dass es vor den Schleusen und auch im Kanal selbst öfter mal eng wird!

Auch wir sind froh, dass wir bei der bescheidenen Wetterlage durch das Binnenland auf die Ostsee können – und müssten dafür dem ollen Bismarck dankbar sein. Der Reichskanzler des Kaisers Wilhelm I. hatte das Projekt einst vorangetrieben, gegen große Widerstände und zahlreiche Bedenkenträger natürlich. Auslöser für die Kanalideen war der Deutsch-Dänische Krieg 1864. Otto erkannte die Lage und wollte einen Schifffahrtsweg schaffen, auf dem die deutsche Kriegsmarine von der Nordsee in die Ostsee und zurück käme – ohne unterwegs von dänischen Kanonen belästigt zu werden. Aber auch zehn Jahre später war noch kein Spatenstich getan, der berühmte und bereits zitierte General von Moltke (»Nur wenige Pläne halten dem Kontakt mit dem Feind stand!«) schrieb leidenschaftlich gegen den Kanalbau an. Eine Landratte offenbar, dessen strategisches Denken wohl am Strand endete. Doch in Otto, nebenberuflich auch Namensgeber des norddeutschen Bismarck-Herings, hatte er einen formidablen Gegner, der nicht lockerließ. 1878 wurden neue Pläne für den Kanal geschmiedet, übrigens schon ziemlich genau entlang der heutigen Strecke von Kiel-Holtenau über Rendsburg nach Brunsbüttel, insgesamt 98,6 Kilometer. Der militärische Nutzen stand noch immer im Vordergrund, Wilhelm I. billigte schließlich den Bau des teuren Kanals (der jedoch, so viel zur deutschen Gründlichkeit, als eines der ganz wenigen Großbauprojekte der Menschheit nicht teurer wurde als ursprünglich budgetiert) – ausdrücklich in einer Größe, die das Passieren seiner Kriegsschiffe erlauben würde. 156 Millionen Goldmark ließ er sein Volk dafür zahlen – unsere Uromas und Uropas! Wie viel das in heutiger Euro-»Kaufkraft« wäre, müssen Sie leider selber ausrechnen. Jedenfalls, es war sein Sohn, Willy zwo, der marine- und segelbegeisterte Halbengländer, der den »Kaiser-Wilhelm-Kanal« 1895 feierlich eröffnen durfte. Und er nützte nicht nur den Kriegern. Die Öffnung des Kanals trug maßgeblich zur Internationalisierung der ebenfalls in jenen Jahren von Wilhelm II. gegründeten »Kieler Woche« bei. Vom Schlachtschiff bis hin zum Containerfeeder – diese kleinen Schiffe, die Container aus dem Ostseeraum ranschaffen und sie dann in Hamburg oder Rotterdam auf die großen Ozeanriesen umverteilen, machen heute den Löwenanteil des kommerziellen Kanalverkehrs aus, neben den Yachten und Segelbooten. Wie doch das Leben und die Weltgeschichte so spielen.

Apropos Weltgeschichte: 1948 wurde der Kanal umbenannt, fortan hieß er schlicht »Nord-Ostsee-Kanal«, kurz NOK.

Nach längerem Warten öffneten sich auch für uns und ein paar kleine Yachten die Schleusentore der »kleinen« Schleuse: 125 Meter lang und 22 Meter breit sind sie. Klein im Vergleich zu den neuen Schleusen: 310 mal 42 Meter messen die Schleusenbecken dort. Damit können Schiffe bis zu einer Gesamtgröße von 235 Meter Länge, 32,50 Meter Breite und maximal 9,50 Meter Tiefgang den Kanal befahren. Allerdings auch nur, wenn sie nicht höher als 40 Meter sind. Für uns passt also alles, die Masten der »Pippilotta« ragen gerade einmal lächerliche 22 Meter weit in den Himmel.

Während des Abendessens fuhren wir also in die Schleuse ein (das Essen wurde unterbrochen), eine gute halbe Stunde später fuhren wir auf den Kanal hinaus. An diesem Abend gelangten wir noch bis zur Schleuse in den kurzen Gieselau-Kanal, über den man in den schiffbaren Teil der Eider gelangt – von hier könnte man an Friedrichstadt und Tönning vorbei und durch das Sperrwerk in der Mündung hindurch wieder auf die Nordsee hinausfahren. Wollten wir natürlich nicht. Wir machten außen an den hölzernen Dückdalben vor der Schleuse fest. Es wurde ein zauberhafter Abend: still, kühl, mit leichtem Nebel über dem Wasser. Es hatte nur einen Fehler, denn es fühlte sich an wie tiefer Herbst.

Früh am nächsten Morgen ging es weiter, ich wollte endlich auf die Ostsee. Mit einer Mug Kaffee ging ich an Deck, warf die Maschine an, löste alle Leinen bis auf die Achterspring, legte dann den Rückwärtsgang ein und beobachtete lässig und Kaffee schlürfend, wie sich »Pippilotta« auf dem engen Raum wie zum Erstellen einer Deviationstabelle brav um den Pfahl drehte – bis der Steven und der Klüverbaum nicht mehr zur Schleuse, sondern Richtung Ausfahrt zeigten. Cool, oder? So einfach kann es immer sein – wenn ich erst noch so zehn oder zwanzig Jahre Übung im Manövrieren dieses Schiffes habe, vermutlich.

Zu meiner großen Freude, ich muss es gestehen, beobachtete nicht nur ich das gelungene Schauspiel, sondern auch ein paar Yachtsegler, deren Boote an den Stegen gegenüber festgemacht waren. »Ja, ja, der kann es!«, hörte ich sie – im Geiste leider nur – sagen.

Auf dem Kanal war dann alles wie gewohnt von vielen anderen Kanalfahrten in diversen Schiffen. Nur hier war ich zunächst alleine an Deck, festgekettet an das Steuerrad. Die anderen frühstückten unter Deck, ich bekam Kaffee und Toast hinausgereicht, dann war ich mit »Pippilotta« und dem Kanal und meinen Gedanken abermals alleine. Aber auch das tut gut, die Gedanken während der Kanalfahrten, auch schon während früherer Kanalfahrten in anderen Schiffen, mit anderen Gefährten. Sie schweifen ab, die Gedanken, gehen auf Wanderschaft, weil man ja hier kaum andere Impulse bekommt, die einen ablenken könnten. So tauchen auch immer wieder die Fragen auf: Was will man? Wer und was ist man? Wo will man hin – mit dem Schiff und sich selbst und im Leben überhaupt? Die Tiefe und Schwere solcher Gedanken ist dabei direkt proportional abhängig vom Wetter. Am besten gelingen sie natürlich bei freundlichem, optimistischem Sonnenschein. Man erinnert sich an frühere Reisen und gewinnt plötzlich eine bestechende Klarheit der Wahrnehmung. Unübersichtlich und verdünnt wird es erst wieder an Land. Dort verliere ich, wie vielleicht viele andere auch, schnell den Überblick über mein Leben, meine Ziele, meine Prioritäten. Das ist einfach zu komplex für mein simples Gemüt. Ich komme zwar klar, natürlich, habe mein Leben rein äußerlich gut im Griff. Ich funktioniere – nach den Maßstäben der mich umgebenden Gesellschaft. Vielleicht nicht besonders erfolgreich, zumindest im rein materiellen Sinne. Kindlich für mein Alter. Unreif, würden manche auch sagen. Aber ach, die Reife! Bei einem Käse mag sie von Vorteil sein, bei einem guten Bordeaux ebenso. Und sonst? Da ist Reife doch bloß ein Synonym für Opportunismus. Oder, fast schlimmer noch, einfach nur eine unbeschreibliche Müdigkeit? Und was ist wichtiger? Das reibungslose Funktionieren im Alltag und damit einhergehend auch die Fähigkeit, das Leben für die Familie angenehm gestalten können, auch mehr als nur das – Extravaganzen wie Reisen, Bildung, mehr Anregungen und Horizont bieten zu können? Oder schlicht und einfach nur sich selbst treu zu sein – was auch immer das in der praktischen Konsequenz dann auch so mit sich bringt? Wie gesagt, ich funktioniere sozusagen ganz gut, aber die große Klarheit, die einsetzende Erkenntnis, was wichtig ist und was nicht, das habe ich nur auf See – oder eben im Kanal, auf jeden Fall unterwegs auf einem Schiff. Und dann nimmt man sie sich vor, wichtige Kursänderungen, einschneidende und alles verändernde Änderungen vielleicht sogar – und nur in den seltensten Fällen setzt man die dann um, wenn man erst einmal wieder in dem Spinnennetz an Land eingefangen ist. Einige Mal in meinem Leben habe ich es geschafft, immerhin, mich daraus zu befreien – da hilft nur die große Machete, kaltblütig und entschlossen geführt. Aber zu oft fehlte mir dazu auch die Courage. Also taumele, torkele, irre ich weiter durch das Leben wie bisher. Unfokussiert, abgelenkt. Schlechtes Management, sozusagen. Aber reich an sinnlosen Erfahrungen. Reich auch an Höhen und Tiefen. Hohe Amplituden: seelische und emotionale Achterbahnfahrten zuweilen. Wer macht es am Ende richtig? Und wie?? Und was??? Bahnhof???? Ägypten?????

Da fällt mir doch ausgerechnet an dieser Stelle das Fragment eines Manuskripts in die Hände, das ich vor vielen Jahren am Flughafen von Toulouse geschrieben habe. Spontan und wild! Warum ausgerechnet am Flughafen? Ich weiß es, ehrlich gesagt, nicht mehr. Nur so viel: Ich war mal wieder – wie so oft während meiner Zeit mit Anke – mit der »Enterprise« alleine, diesmal im Canal du Midi, unterwegs vom Mittelmeer zum Atlantik oder auch umgekehrt, was macht das schon. Wahrscheinlich kam sie an diesem Tag an und ich holte sie ab. Nein, jetzt erinnere ich mich doch: Anke kam aus Hamburg zurück und brachte ihre – unsere – Freundin Gaby mit.

Jedenfalls hier der O-Ton:

Aeroport de Toulouse, es erinnert mich an alte Zeiten, als ich noch für eine amerikanische Firma in Frankreich gearbeitet hatte. All diese jungen, smarten Leute in dunklen Anzügen, teuer, teuer, oder auch helle Kostümchen und in jedem Fall mal dicke und mal etwas dezentere Golduhren dazu. Sie leben ja so gesund, trinken an der Bar ihre lächerlichen Wässerchen, rauchen nicht, essen nicht. Aber telefonieren mit ihren Handys – gequält, unsicher, gekünstelt locker und dann nur noch peinlich. Das sich Winden bei einigen Anrufen wird an der Körperhaltung sichtbar. Dabei leben sie doch so ungesund mit ihren Jets und Terminplänen und dem Erfolgsdruck und Seelenstress. Ich habe plötzlich das ganz starke Bedürfnis, ein Fass hereinzurollen, zu saufen und zu grölen und dann schwankend und rülpsend dahinzusinken und einzuschlafen. Alles das, nur um mir Luft zu machen in der Enge zwischen all diesen Pygmäen.

Das arme Schwein dort drüben zum Beispiel: feiner Zwirn, dazu eine bunte »witzige« Krawatte, das neueste Handy in der Hand und den albernen Knopf im Ohr. Bei Salat und Wasser – Bah! – ist der arme Kerl deutlich nervös – und das nicht nur beim Telefonieren. Ferngesteuert, aber von wem? Wozu? Dabei sieht er fast so aus wie mein sportlicher, durchtrainierter Ami-Chef aus Frankreich damals. Der war auch von einer Woche zur nächsten weg vom Fenster mit Karriereblick. Weg, und zwar komplett, zerstört mitsamt dem bisschen Privatleben, das er sich ausgerechnet auf dieser wackeligen Grundlage aufgebaut hatte ...

Zornig, zornig! Aber ich weiß jetzt wieder, warum. Wir waren ja selber unterwegs, zurück nach Hamburg, zurück in eine Art zu leben, von der ich gedacht hätte, sie sei von mir längst überwunden und weit zurückgelassen. Da kann einem schon mal, vor allem, wenn man während des Wartens und Betrachtens bereits das eine oder andere Glas Wein getrunken hat, der Kragen platzen. Oder etwa nicht? Das also haben Kanäle und Flughäfen gemeinsam: Gute Gedanken kommen mir offenbar hier wie dort. Was das bedeutet? Keine Ahnung. Aber der Versuch, zu erklären, ist ja nicht mehr als ein Kratzen an der Tür.

Was ich weiß, ist das hier: Die Sehnsucht nach einem einfachen Leben ist es, die mich immer wieder an Bord zieht. Klar, stark, eindeutig. Ohne Zweifel und Widersprüche. Einfach nur übersichtlich und gut. Das *Home* mag für viele vielleicht tatsächlich ihr *Castle* sein, aber mein Schiff ist dann, wenn ich unterwegs bin, meine Welt. Reduziert auf das Wesentliche, auf das, was ich kenne, und auf das, was ich gut finde. Das einzig Wahre zum Beispiel ist doch eigentlich dies: Mit einer geliebten Gefährtin an einem einsamen Strand zu liegen, zu lieben, draußen ist das Schiff verankert, der Rest der blöden, bekloppten, lächerlichen Welt interessiert uns nicht. Für diesen Moment zu leben, das ist das ultimative Ziel. Nur – schon gehabt. Und dann? Geht alles von vorne los …

Was für Gedanken! Und all das im Kanal. Im öden, faden, banalen, verregneten Nord-Ostsee-Kanal. Unglaublich, oder? Aber da hat man eben mal Zeit zum Nachdenken – mit allen positiven wie negativen Folgen …

Welch ein Kontrast zum Kanal ist es, wenn sich dann endlich die Schleusentore in Kiel-Holtenau öffnen. Die Kieler Förde ist ein Genuss, wie immer, wenn man von der grauen Elbe kommend auf die klare, blaue, salzig schäumende Ostsee hinaussegelt. Weit kommen wir dennoch nicht. Die Sonne scheint, aber der Wind pfeift. Auf der Förde sind wir jedoch noch gut geschützt.

Einen Tag bleiben wir in Holtenau an der Pier liegen, dann fahren wir weiter bis Strande an der Kieler Außenförde. Von hier aus eben um die Ecke herum, hinter dem Leuchtturm von Bülk, geht es hinaus auf den Stollergrund und die »freie« Ostsee. Der Horizont ist klar und weit, die Luft schmeckt nach See und Salz, auch sonst ist hier schon alles wie im Urlaub. An Land gibt es verschiedene Fischbuden, eine breite Mole, viele Schiffe im Hafen und dahinter einen breiten Strand mit Strandkörben und einem Spielplatz. Toll ist es hier, für die Kinder ist es sowieso kein Unterschied, ob wir nun in diesem Hafen liegen oder irgendwo in Dänemark. Also bleiben wir, verleben einen sonnigen Strandtag, danach einen verregneten Sommertag, kaufen Eis an der Schiffstankstelle, neben der wir festgemacht haben und wo wir auch gleich den Dieseltank vollbunkern. Autsch! Einen Abend erleben wir den Weltuntergang (zum Glück nicht den Schiffsuntergang) mit einem gewaltigen Gewitter, Hagel und ungeheuren Sturmböen in einer pechschwarzen Nacht, die nur von grellen Blitzen durchzuckt wird. Am nächsten Tag ist dann alles, als sei nichts gewesen, wir verleben einen weiteren Ferientag und noch einen, bis unsere Freunde über Land abreisen, weil sie keine Zeit mehr haben.

Spätabends am selben Tag, als Anke und die Kinder und ich schon schlafen, kommt Eva als »Ablösung« an Bord. Und dann, gleich am nächsten Tag, wird es auch schon wieder Zeit für uns, nach Hamburg aufzubrechen. Wieder durch den Kanal, bis Glückstadt zunächst.

Wieder ist der Kanal Gedankenkatalysator. Was mir auffällt in der Einfahrt zur Schleuse in Holtenau: Langsam, wie es sich für ein 70-Tonnen-Schiff gehört, vor allem bei starkem Wind, laufen wir in die Schleuse ein. Für einige Herrschaften in ihren Yachten offenbar zu langsam. Ausgerechnet an der engsten Stelle in den Schleusentoren rauscht so ein Kerl mit seinem weißen Durchschnittsbötchen mit schäumender Bugwelle an uns vorbei, quetscht sich hektisch zwischen dem Stahltor und unserer stählernen Bordwand hindurch.

Jetzt einmal kurz nach Backbord ausscheren! Der Gedanke ist, offen gestanden, verlockend. Knirsch und knacks, Anruf bei der Versicherung und so weiter. Muss das sein, solche sinnlosen Manöver? Man segelt und fährt mit einem Klipper wie der »Pippilotta« so ganz anders als mit einer Yacht, einem »Sportboot«. Wir sind an der Schwelle zwischen Boot und Schiff – größer als viele Berufsschiffe (wie zum Beispiel Barkassen, Versetzboote etc.). Und plötzlich wundere ich mich, wie »die« mit ihren Yachten fahren, zum Beispiel eben auch beim Einlaufen in die Schleuse mit schäumender Bugwelle an der engsten Stelle vorbei, während wir bei Starkwind vorsichtig manövrieren, weil es anders nicht geht, ebenso beim Anlegen und Ablegen und drehen. Wir brauchen einfach so viel mehr Raum, das ist schon etwas ganz anderes als das Auto-Scooter-Fahren des heutigen Durchschnitts-Freizeitkapitäns.

Aber Sie merken es schon: Als Autofahrer reagiert man auf die Fußgänger, als Fußgänger auf die Autofahrer und so weiter. Immer sind es die anderen, die nerven. Denn natürlich muss ich auch daran denken, dass ich bis vor Kurzem ja selber noch vor allem mit besagten Yachten unterwegs und also einer von »denen« war. Und ich glaube kaum, dass ich mir dabei besondere Gedanken um die speziellen Probleme gemacht habe, die der Schiffer eines solchen alten Museumseimers beim Manövrieren in engen Häfen haben könnte. Sollen diese es doch können – oder draußen ankern!

Tja … Beim Anlegen in Glückstadt rächt sich ein grober Fehler. Schleppe niemals dein Beiboot! Bei jedem Manöver ist es im Weg. Und dann auch noch das: Von Brunsbüttel aus bis Glückstadt fahren wir unter Maschine, bei Sturm und Regen und einigem Seegang selbst auf der Elbe. Die Folge: Als wir in Glückstadt ankommen, ist das Beiboot, das wir wie immer hinterherschleppen, fast vollgeschlagen.

Gut, dass es noch schwimmt! Da haben wir ja mal Glück ge-

habt, denke ich noch, naiv und blöd, wie ich nun einmal bin. Mr. Murphy weiß es natürlich besser. Weil das Beiboot so tief im Wasser liegt und nicht mehr richtig aufschwimmt, gerät es – beim Manövrieren zum Anlegen – beim Rückwärtsgeben in die Schraube. *Rums! Würg! Ächz!* Dann ist alles vorbei: Ruder blockiert, Maschine aus! Der Albtraum, der Super-Gau! Hier allerdings, kaum dass wir es verdient hätten, mit unverschämt viel Glück im Unglück: Der Wind treibt uns genau an den Platz, an dem wir sowieso festmachen wollten, nämlich längsseits von einem an der Spundwand liegenden Schwimmbagger.

Als wir daran vorbeitreiben, bekomme ich eine Leine belegt und kann das Schiff aufstoppen. Mit nur einem kleinen *Rums!* kommen wir längsseits zu liegen.

Dann gehe ich ins Wasser – zum größten Vergnügen von Ole bade ich im Hafen! Säbele dabei mit dem schärfsten Küchenmesser die zahlreichen Leinen los, die sich um die Schraube gewickelt haben. Das Beiboot, gekentert und nur knapp an der Oberfläche schwimmend, ist so schwer, dass wir es alleine nicht bergen können. Just dann geht ein schöner Traditionssegler bei uns längsseits, es ist der historische Ewer »Catharina« aus Hamburg. An Bord eine vollzählige, kräftige, frische Crew – wie von uns bestellt!

Mit diesen vielen helfenden Hände ist es eine Frage von zehn Minuten oder weniger, das kaputte, aber reparable Boot aus dem Wasser zu hieven und bei uns an Deck zu legen. Trotz allem heißt es also: Glück muss man haben!

Mein Opa sagte einst immer: »Mit die Doofen ist Gott!« – und wenn das stimmt, dann kann mir eigentlich nichts passieren.

Der Klipper »Pippilotta«

Gebaut 1906 in Belgien, auf der Schiffswerft te Boon, als eines von zwei identischen segelnden Frachtschiffen für die Nordsee und das Wattenmeer.

Ursprünglich segelte das Schiff noch ohne Maschine, mit nur einem Mast, als Gaffelkutter getakelt. Bald jedoch wurde ein Hilfsmotor eingebaut, dann – während des Zweiten Weltkrieges oder kurz danach – wurde das Schiff abgetakelt und zum Küstenmotorschiff umgebaut. Als solches fuhr es bis in die 1970er Jahre hinein die verschiedensten Frachten auf den Binnen- und Küstengewässern der Niederlande. Anfang der Siebziger jedoch wurde der ehemalige Segler, wie so viele andere, im Zuge einer populären Nostalgiewelle neu entdeckt und wieder aufgetakelt – diesmal jedoch als Gaffelketsch.

Warum? Nicht, weil es einfacher wäre, damit zu segeln. Die einmastigen Frachtsegler wurden meist nur von zwei Leuten bedient, aber zwei Masten sind für zahlende Gäste eindrucksvoller als nur einer und die vielen Menschen an Deck haben auch viel mehr zu tun; es gibt viel mehr Fallen und Schoten und Backstagen, an denen sich die zahlenden Gäste austoben dürfen.

Das Chartergeschäft mit diesen robusten und rustikalen Schiffen war damals groß im Kommen – und hat sich ja bis heute gehalten. Jahrelang fuhr auch unsere »Pippilotta«, damals noch unter einem anderen Namen, wohl sehr erfolgreich als Charterschiff: Kapitän, Maat und bis zu einem Dutzend oder mehr Gäste, die ganz glücklich in kleinen romantischen Mehrbettkammern unter Deck wohnten. Das Fahrtgebiet waren das Ijsselmeer, die Binnengewässer und das niederländische Watt.

138

Um die Jahrtausendwende schließlich wurde das Schiff abermals verkauft und zum Wohnschiff umgebaut: Die vielen kleinen Kabinen wurden zum Teil ausgebaut und zu größeren Räumen zusammengelegt. Seither gibt es an Bord ein einziges, dafür großes Badezimmer, vier Schlafkabinen mit insgesamt acht Kojen, eine Kabine als Kleiderschrank, ein Wohnzimmer mit Wohnküche, einen Decksalon und einen Maschinenraum. Segel gibt es reichlich: Klüver, Fock, Großsegel und Besan, gesetzt und getrimmt werden sie ausschließlich per Hand und mit Taljen, die einzigen Winschen an Bord sind für den Anker und die zwei Seitenschwerter aus massivem tonnenschweren Holz.

Die groben Maße sind: Länge über Deck 25 Meter (plus etwa fünf Meter Klüverbaum), Breite fünf Meter, Tiefgang rund 1,20 Meter. Gewicht um die 70 Tonnen, Maschine MAN Turbodiesel mit 160 PS, Segel – wie eben schon gesagt – reichlich. Dazu gibt es einen Generator und einen Umformer, der Bordstrom beträgt 220 V und 24 V, die Zentralheizung läuft mit Öl, der Bollerofen mit Holz. Außerdem gibt es Waschmaschine, Trockner, Geschirrspüler. Der Wassertank fasst rund 2000 Liter, der Schmutzwassertank etwas weniger, die Diesel- und Heizöltanks je etwa 700 Liter.

Insgesamt kann man mit diesem Schiff einiges anstellen und ist auch, sofern Wasser, Gas und Diesel an Bord sind, vollkommen autark vom Land. Mit anderen Worten: das perfekte »Haus«!

Glossar nautischer Fachausdrücke

Achtern – hinten

Achteraus – nach hinten oder Rückwärtsfahrt eines Schiffes

Achtersteven – Heck eines Schiffes

AIS – »Automatic Identification System«; moderne Radartechnologie zur Erkennung und Identifizierung fremder Schiffe mitsamt Kurs und Geschwindigkeit

Ausgebaumt – die Segel werden vor dem Wind durch Spieren (Rundhölzer) außenbords gehalten

Backskiste – Stauraum an Deck oder im Cockpit

Backstagen – Taue oder Drähte, die den Mast nach hinten halten und die abwechselnd (jeweils auf der Luvseite) festgesetzt oder gelöst (auf der Leeseite) werden

Besan, Besanmast – bei einem Zweimaster (Ketsch oder Yawl, nicht jedoch beim Schoner) der hintere, kleinere Mast

Besanstagsegel – ein Segel für raumen Wind (achterlicher Wind), das zwischen Besanmast und dem Fuß des Hauptmastes gesetzt wird

Bilge – der Raum unter den Bodenbrettern (Fußboden) eines Schiffes

Boatbums – Leute, die nichts »Besseres« zu tun haben, als auf Booten herumzulungern, sich dort die Zeit zu vertreiben oder auch mit einfachen Jobs ihren Lebensunterhalt zu verdienen

Bodenbretter – der Fußboden auf Booten

Braune Flotte – Bezeichnung für die Flotte der niederländischen Traditionssegler, die verchartert werden; der Name kommt von den überwiegend braunen Segeln

Cockpit – geschützter Aufenthaltsort für die Mannschaft an Deck

Decksprung – das Deck steigt zum Bug und zum Heck

eines Schiffes oft leicht an; dies ist der »Sprung« oder »Deck-sprung«

Deviationstabelle – eine Tabelle, in der die Abweichung (durch lokale magnetische Ablenkung wie Metall auf dem Schiff) des Kompasses vom tatsächlichen Wert festgehalten wird

»Die Tide kippt« – der Gezeitenstrom ändert seine Richtung; also der Wechsel von Ebbe zu Flut oder umgekehrt; man sagt auch: Die Tide »kentert«!

Downwind – auf einem Kurs vom Wind weg; raumen Winds oder vor dem Wind

Einhand – alleine segeln

Fall – ein Tau oder Draht, an dem ein Segel den Mast hoch-gezogen wird

Flautenspi – ein Spinnaker (ballonartiges Vorsegel) nur für sehr leichten Wind (Flaute)

Fock – ein kleines Vorsegel

Fockschot – ein Tau oder Draht, mit dem man die Fock trimmt (einstellt)

Gaffel – Spiere (Rundholz) am Oberliek eines Gaffelsegels

Gaffelkutter – Segelschiff mit einem Mast; gaffelgetakelt mit zwei oder mehr Vorsegeln

Gangbord – schmales Seitendeck an Bord eines Motor-schiffes

Gennaker – großes bauchiges Segel für raume und Vorwind-Kurse, gefahren wie eine Genua, mit der vorderen unteren Ecke (»Hals«) angeschlagen an einem kurzen Bugspriet

Genua – großes überlappendes Vorsegel; wurde zuerst offiziell während einer Wettfahrt vor der gleichnamigen Stadt in Italien gefahren

Gezeitenzyklus – zwölf Stunden; eine volle Flut zu sechs Stun-den und eine volle Ebbe zu sechs Stunden

GPS – »Global Positioning System«; satellitengestütztes Posi-tions-Bestimmungssystem

Großbaum – Spiere (Rundholz) am Unterliek (unterer Rand) des Großsegels

Großschot – Tau oder Draht, mit dem das Großsegel getrimmt (eingestellt) wird

Großsegel – Hauptsegel eines Segelschiffs (nicht bei Vollschiffen oder Rahseglern)

Handpeilkompass – kleiner Kompass, um von entfernten Objekten (z. B. Leuchttürmen, Seezeichen) Peilungen zu nehmen; meist zur Bestimmung der Entfernung von der Küste oder der Position ganz allgemein

Kabelgatt – Stauraum ganz im Vorschiff (vorderer Teil); meist für Tauwerk, Fender, Farben, Ersatzteile etc.

Kartenplotter – modernes elektronisches Navigationsgerät; zum Lesen elektronischer Seekarten und zur gleichzeitigen Positionsbestimmung sowie zur Ausführung vieler anderer Navigationsfunktionen

Katamaran – Schiff mit zwei Rümpfen

Klipper – Segelschiff, historisch, meist Frachtsegler, mit einer charakteristischen Bugform

Klüver – eines der Vorsegel, das ganz vorne gefahren wird

Klüverbaum – Bugspriet (starkes Rundholz), an dem der Klüver gefahren wird

Koppelnavigation – Positionsbestimmung ohne äußere Hilfsmittel, indem man den gefahrenen Kurs und die gefahrene Strecke in die Seekarte einträgt

Kreuzen – gegen den Wind segeln; im Zickzack jeweils im schrägen Winkel zum Wind

Lee – die vom Wind abgewandte Seite

Liveaboards – Menschen, die permanent an Bord eines Schiffes leben

Log – Geschwindigkeitsmesser eines Schiffes

Luv – die dem Wind zugewandte Seite

Niedergang – Eingang in eine Kajüte; meist über eine schmale und steile Treppe

Nipptide – besonders schwache Tide (Gezeit), wenn Sonne und Mond im rechten Winkel zueinander stehen (also bei Halbmond)

Nock – das äußere Ende einer Spiere (Baumnock, Gaffelnock etc.)

Persenning – Schiffsplane

Pinne – »Steuerknüppel«; meist auf kleineren Schiffen

Püttings – Befestigungspunkt der Wanten (Drähte, die den Mast seitlich stützen) am Rumpf

Raumschots – der Wind kommt beim Segeln schräg von hinten; meist ist dies der schnellste Kurs

Rigg – die Takelage eines Segelschiffs

Seemeile – eine Seemeile ist 1852 Meter lang; oder auch eine Bogenminute

Schlengel – ein schwimmender Steg zum Anlegen

Schoten – Taue oder Drähte zum Trimmen (Einstellen) der Segel

Sloop – Segelschiff mit nur einem Mast und nur einem Vorsegel

Spieren – Rundhölzer (können heutzutage auch aus Aluminium oder Kohlefasern sein) im Rigg eines Segelschiffs: Masten, Bäume etc.

Spring – wichtiges Festmachertau, das die Vor- und Achterleine ergänzt; es gibt eine Vor- und eine Achterspring

Spundwand – eine in den Boden gerammte Stahlwand in Häfen oder an Kaianlagen

Stagen – Drähte, die den Mast nach vorn und achtern abstützen (Vorstag, Achterstag, Backstagen)

Steven – der Bug eines Schiffes

Trainee – freiwilliges Besatzungsmitglied an Bord eines Segel-

oder Vollschiffes, das ohne (nennenswerte) Heuer ausgebildet wird

Treidelpfad – Wege entlang von Kanälen, von wo aus einst Pferde, Maulesel oder Menschen an langen Lenen die Binnenschiffe gezogen haben

Trysegel – kleines besonders festes Sturmgroßsegel

Unterwanten – die unteren Wanten; unterhalb der unteren Saling (Spreizen am Mast für die Wanten, damit diese einen besseren Zugwinkel haben)

Vollschiff – Traditionssegelschiff mit mindestens drei Masten und (überwiegend) Rahsegeln

Wanten – Drähte, die den Mast zur Seite hin abstützen